www.tredition.de

AF185187

Emilie Westi

Kurze Geschichten

Geschichten, die das Leben schreibt

www.tredition.de

© 2018 Emilie Westi

Umschlaggestaltung: Sabrina Westhäußer, Stuttgart

Verlag und Druck: tredition GmbH, Hamburg

ISBN
Paperback: 978-3-7469-7484-2
Hardcover: 978-3-7469-7485-9
e-Book: 978-3-7469-7486-6

www.tredition.de

Inhaltsverzeichnis

Der Gewinn

Endlich Wochenende", denkt Gabi. „Ich nehme die rechte Kasse. Obwohl man sich angeblich immer für die falsche Schlange entscheidet. Gleich kann ich meine Sachen auf das Förderband legen, viel ist es ja nicht und normalerweise geht es immer ganz schnell."

Und wie sollte es anders sein: Sie hat sich für die Seite entschieden, an der es vor ihr ein Problem mit einer Bankkarte gibt.

„So ein Mist", denkt sie. „Tief durchatmen, ich kann es jetzt eh nicht ändern. Womöglich habe ich es herbeigeredet, eher herbeigedacht. Egal, es ist Samstagnachmittag. Morgen kann ich ausschlafen und dann habe ich zwei Wochen Urlaub."

Als Gabi dann wenig später bezahlen will, spricht sie ein Herr an.

„Entschuldigen Sie die Störung! Mein Name ist Walter, der Leiter des Marktes."

Gabi zuckt unwillkürlich zusammen als ob sie etwas verbrochen hätte.

„Gibt es ein Problem?"

Sie wird augenblicklich nervös und wartet irritiert auf seine Antwort.

„Keine Angst, ich habe nur gute Neuigkeiten. Sie haben gewonnen!"

„Ich habe gewonnen? Wie meinen Sie das?"

„So wie ich es sage. Sie sind der 1.000.000 Kunde seit der Eröffnung unseres Marktes und wir haben für Sie eine Überraschung. Ihren Einkauf müssen Sie nicht bezahlen, das übernehmen wir. Den Hauptgewinn erhalten Sie in meinem Büro. Wenn Sie mir bitte folgen würden? Um Ihre Einkäufe kümmern wir uns und packen diese gleich für Sie ein."

Gabi wird ganz zittrig. „Das gibt es doch nicht, ich habe noch nie etwas gewonnen. Was das wohl sein wird? Oder hat sich jemand einen Scherz erlaubt? Bestimmt ist das alles nicht wahr", denkt sie und folgt dem Marktleiter.

Im Büro angekommen wird Gabi gebeten, auf einem Stuhl Platz zu nehmen. Ihr klopft das Herz bis zum Hals. Total aufgeregt und mit bebenden Knien setzt sie sich.

„Zur Feier des Tages erst einmal ein Glas Champagner. Prost!", sagt der Marktleiter und reicht ihr ein Glas.

Sie stoßen an und in dem Augenblick öffnet sich die Tür des Zimmers. Eine Frau in einer weißen Schürze betritt den Raum. Gabi dreht sich zu ihr um und sieht ein Baby in ihren Armen.

„Was wird das jetzt?", denkt Gabi. „Soll ich für ein dunkelhäutiges Kind die Patin spielen? Es kann doch nicht sein, dass das der Gewinn ist! Und wenn, dann wäre das doch nicht wirklich ein Hauptgewinn. Ich sehe schon die Kosten, die dann im Nachhinein auf mich zukommen."

Ihre Gedanken werden jäh unterbrochen.

„Ich freue mich, Ihnen unseren kleinen Jim überreichen zu dürfen!", sagt die Frau im weißen Kittel.

„Ich bin hier wohl im falschen Film! Das gibt es doch nicht", denkt Gabi. Doch laut sagt sie: „Das kann nicht Ihr Ernst sein!"

„Doch, das ist der heutige Gewinn für Sie. Sehen Sie doch, wie süß er ist...", sie schaut das Baby sanft an. „Den muss man einfach liebhaben!"

„Also ganz ehrlich, er sieht sicherlich recht süß aus. Schon allein wegen der schokoladenfarbenen Haut. Aber sorry, ich habe mit Kindern nichts am Hut. Ich wollte nie welche und ich kann auch nicht mit ihnen umgehen. Ich weiß nicht einmal genau, wie man ein Baby auf den Arm nimmt."

„Oh, das ist ganz einfach. Hier, halten Sie mal", sagt die Frau und legt ihr das Kind in die Arme.

Völlig überrumpelt lässt Gabi es geschehen. Ein warmes Gefühl steigt in ihr auf als sie den kleinen Wurm in ihren Armen hält. Eingehüllt in eine weiche, hellblaue Decke, schaut nur sein kleiner Kopf heraus. Intuitiv drückt sie das Kind an sich. Zeit vergeht. Sekunden, Minuten? Sie ist sich nicht sicher, doch sie fühlt sich plötzlich unendlich zufrieden. Ein unbestimmtes Gefühl, welches sie so noch nie in ihrem Leben hatte. Sie wiegt das Kind in ihren Armen, ganz langsam, hin und her. Es scheint ihm zu gefallen, denn es lächelt mit geschlossenen Augen. Nach einer Weile schaut sie auf. Die Augen der Frau im weißen Kittel strahlen Gabi an.

„Ich wusste, dass Sie die richtige sind!", sagt sie, dreht sich um und verlässt das Büro.

Erschrocken wendet sich Gabi Herrn Walter zu.

„Das ist ein Scherz, oder? Denn niemand verschenkt ein Kind, als wäre es eine Puppe. Also, raus mit der Sprache: Was ist nun der echte Gewinn?"

„Den halten Sie tatsächlich in Ihren Händen."

„Bin ich hier bei der versteckten Kamera? Jedenfalls kommt es mir so vor. Allerdings mit dem Unterscheid, dass ich weder bekannt, noch prominent bin. Aber klar, auch Normalbürger werden mal auf die Schippe genommen... ", etwas vom Thema abgekommen, schüttelt Gabi entrüstet den Kopf: „Ich schlage vor, dass Sie mir jetzt das Kind abnehmen und ich mit meinen Einkäufen nach Hause gehe, denn ich erwarte noch Besuch."

Doch nichts dergleichen passiert. Stattdessen antwortet er:

„Ich kann Ihnen das Kind nicht abnehmen, denn es gehört jetzt Ihnen."

„Es tut mir leid, aber ein Kind hat in meinem Leben nichts zu suchen. Sie müssen eine andere Person finden, die dafür Verantwortung übernimmt. Und überhaupt, wer gibt Ihnen das Recht, ein Kind zu verschenken? Was sagt das Jugendamt und andere Behörden dazu?"

„Das ist alles juristisch abgesegnet. Hier sehen Sie die Urkunde. Es ist nichts dem Zufall überlassen."

„So ein Blödsinn. Sie und auch sonst niemand kennt mich. Außerdem habe ich einen Beruf, der mich voll und ganz einspannt. Ich habe keine Zeit für ein Kind. Es gibt weder einen Lebensgefährten, noch bin ich verheiratet. Absolut schlechte Voraussetzungen gepaart mit Null Kindererfahrung. Jetzt beenden Sie die Show, ich muss zur Essensvorbereitung nach Hause."

Gabi will ihm das Baby geben, aber er dreht sich weg und sagt:

„In spätestens zwei Stunden wird die Erstausstattung bei Ihnen zu Hause angeliefert. Dazu gehört alles, was Sie benötigen: ein Kinderwagen, Kinderbett, Decken, Spielzeug, Fläschchen usw. Sie erhalten zusätzlich ein unbegrenztes Abo für Windeln, Flaschenmilch und später Breigläschen. Sowie Gutscheine für Kleidung für die ersten sieben Jahre. Der Kitaplatz ab dem ersten vollendeten Lebensjahr ist bereits reserviert. Jeden Monat gibt es eine garantierte Überweisung von 1.200 EUR auf Ihr Konto. Ach ja, das hätte ich fast vergessen: Eine Nanny gibt es bei Bedarf jederzeit, egal wie lange und zu welcher Uhrzeit. Selbstverständlich für Sie kostenlos, bis das Kind sechs Jahre alt ist. Hier sind die Kontaktdaten."

„Das klingt alles recht schön und gut, aber ich will trotzdem kein Kind, auch nicht unter diesen Umständen. Nicht nur, weil mir jegliche Kenntnisse fehlen, die man benötigt, um ein Kind optimal zu betreuen."

Ungerührt von ihrem Einwand fährt Herr Walter fort:

„Am Montag erhalten Sie Besuch vom Jugendamt, damit die notwendigen Formalitäten geklärt werden können. Außerdem von einer Krankenschwester, die Ihnen das notwendige Wissen beibringen wird. Sie ist dann so lange bei Ihnen, um Sie zu unterstützen, bis Sie in der Lage sind, alleine klarzukommen. Hier ist noch ein Maxi Cosi, darin können Sie das Baby transportieren. Unterschreiben Sie bitte hier für den Erhalt und notieren auch Ihre Adresse. Und dann bitte ich Sie, zu gehen, da wir jetzt gleich schließen werden und ich noch meinen Rundgang machen muss. Viel Vergnügen mit Ihrem Gewinn und noch ein schönes Wochenende!"

Völlig entgeistert schaut Gabi den Mann an.

„Sie kennen doch noch nicht einmal meinen Namen!", protestiert sie hilflos.

„Hier unterschreiben und dann gehört Jim Ihnen. Jetzt gehen Sie endlich, ich habe für Sie keine Zeit mehr", sagt er energisch.

„Das ist nicht Ihr Ernst, oder? Ich gebe Ihnen jetzt das Baby zurück und gehe dann nach Hause!"

Gabi hat es kaum ausgesprochen, da verlässt der Mann das Büro. Perplex steht sie da und fühlt sich zusehends unwohler in dieser Situation.

„Was mache ich jetzt bloß? Was, wenn es zu schreien beginnt? Ich habe weder Milch zum Füttern, noch Windeln, wobei ich sowieso nicht wüsste, wie ich die wechseln soll. Das ist ein Alptraum, nur mit dem Unterschied, dass ich nicht aufwachen kann, da es Realität ist."

Sicherheitshalber kneift sie sich trotzdem. Es zwickt so, wie sie es gewohnt ist.

Nach kurzer Zeit merkt Gabi, dass ihr nichts anderes übrigbleibt, als das Baby mitzunehmen. Sie geht zu ihrem kleinen Auto, neben dessen Fahrertür ihre Einkaufstüten stehen. Unsicher und mehr als umständlich versucht sie den Kindersitz auf der Beifahrerseite mit dem Sicherheitsgurt zu befestigen. Die Tüten stellt sie anschließend in den Kofferraum. Kaum ist sie selbst eingestiegen und will losfahren, beginnt das Baby zu weinen. Sie beugt sich zu ihm hinüber und versucht es zu beruhigen, doch es wird sogar noch schlimmer. Das Weinen geht in Schreien über. Die Lautstärke nimmt von Sekunde zu Sekunde zu, so stark, dass ihre Ohren klingeln. Sie sieht kurz aus dem Fenster, ob jemand in der Nähe ist, aber der Parkplatz ist wie leergefegt. Da beschließt sie, auszusteigen und das Kind in die Arme zu nehmen. Sie kann den kleinen Jim tatsächlich wieder in den Schlaf wiegen und fährt nach Hause.

Dort angekommen erwartet Gabi bereits der Lieferservice, der die versprochenen Utensilien aus einem Transporter lädt. Zwei Männer bringen die Sachen in ihre Wohnung. Da diese bloß 65 m² misst, verwandelt sich die sonst sehr ordentliche Wohnung schnell in ein einziges Chaos.

„Wo soll ich die Sachen nur unterbringen?", denkt Gabi. „Nachher kommt Ben, was soll der von mir denken? Kochen muss ich auch noch. Und mich umziehen."

Sie schaut auf die Uhr: „Sowas Blödes, nur noch eine Stunde Zeit. Am besten ich rufe die Nanny an, sonst schaffe ich das nie."

Nachdem Gabi die Nummer gewählt hat, landet sie prompt auf einem Anrufbeantworter.

„Bitte hinterlassen Sie Ihre Telefonnummer, ich rufe Sie sobald wie möglich zurück."

„Ja klar, war irgendwie zu erwarten", murmelt Gabi missmutig. „Es hätte mich auch gewundert, wenn es anders gewesen wäre. Ob ich mit dem Kind in ein Krankenhaus fahre? Aber wer würde mir die Story glauben? Womöglich werde ich in die geschlossene Anstalt eingeliefert. Das mache ich dann doch lieber nicht."

Gabi überlegt kurze Zeit und ruft ihre Mutter an. Aber auch diese ist nicht erreichbar, weil Gabi in der Aufregung vergessen hat, dass ihre Mutter auf Mallorca in ihrem Ferienhaus ist. Wo sie eigentlich Mitte nächster Woche ebenfalls hinfliegen wollte. Toll! Jetzt ist guter Rat teuer und zudem klingelt es an ihrer Wohnungstür. Wie auf Knopfdruck beginnt das Baby zu schreien. Nun steht sie da und weiß nicht weiter. Es klingelt erneut. Davon irgendwie wachgerüttelt, nimmt sie intuitiv das Kind auf den Arm und geht zur Tür

Im Hausflur steht ein Mann mit verärgerter Miene.

„Guten Tag, mein Name ist Renz. Ich bin seit einer Woche Ihr neuer Nachbar. Ein Postbote hat ein Paket für Sie abgegeben. Das wollte ich Ihnen bringen.", stirnrunzelnd betrachtet er das Baby. „Leider hat mir niemand gesagt, dass es hier im Haus ein Baby gibt, sonst hätte ich die Wohnung nicht genommen. Sie müssen wissen, ich bin Bäcker und muss morgens sehr früh aufstehen. Es wäre sehr schlecht, wenn Ihr Kind mich dann wachhält, weil es so laut schreit. Ich brauche meinen Schlaf! So eine Lautstärke... Das geht überhaupt nicht."

Das Baby schreit weiter und von der Situation völlig überfordert, schließt Gabi einfach die Wohnungstür. Sofort klingelt es wieder. Es bleibt ihr nichts Anderes übrig als zu öffnen, da das andauernde Klingeln das Schreien des Kindes nur verstärkt.

„Hören Sie, das ist nicht mein Kind. Ich weiß auch im Moment nicht, wie ich es beruhigen kann", sagt Gabi mit unsicherer Stimme.

„Nicht Ihr Kind? Das ist wohl ein Witz, oder? Ich sehe doch hier einen Kinderwagen in Ihrem Flur stehen. Also erzählen Sie mir keine Märchen!"

„Doch das ist so und ich weiß nicht, wie ich das Wochenende überhaupt überstehen soll."

„Ach, geben Sie mal her", sagt der Mann und nimmt das Baby an sich.

Sofort hört es auf zu schreien.

„Das gibt es doch nicht. Wie machen Sie das?", fragt Gabi ihn erstaunt.

„Keine Ahnung", lautet die überraschte Antwort. „Eigentlich kann ich gar nicht mit Kindern."

"Kommen Sie doch herein", sagt Gabi, „dann können wir weitersprechen."

Nach kurzem Zögern betritt der Mann mit dem Baby im Arm die Wohnung und setzt sich nach Aufforderung auf einen bequemen, dunkelgrauen Sessel im Wohnzimmer. Das Baby schläft friedlich in seinen Armen.

"Möchten Sie etwas trinken?", fragt Gabi leise.

„Nein, besten Dank", ist die Antwort. „Ich will vielmehr wissen, wie das jetzt weitergehen soll."

„Wenn ich das nur wüsste", sagt sie. „Sehen Sie doch was hier alles bei mir herumsteht. Das wurde vorhin geliefert. Apropos liefern…"

Gabi springt von ihrer Couch auf, holt das Paket aus dem Flur, stellt es auf den Wohnzimmertisch und öffnet es.

„Hab ich mir doch gedacht", murmelt sie. „Babynahrung. Ich sollte vielleicht mal lesen, wie man die Ersatzmilch zubereitet. Wenn es wieder aufwacht, hat es sicher Hunger."

„Sie wissen nicht, wie das geht?", fragt Herr Renz erstaunt.

„Nein, woher auch. Ich habe keinerlei Erfahrung mit Babys."

„Das gibt es doch nicht. Keine Mutter würde jemandem ein Kind überlassen, der sich in solchen Sachen nicht auskennt. Wenn Sie mir hier etwas vorspielen wollen, dann lassen Sie das jetzt gefälligst. Ich finde das überhaupt nicht lustig!"

„Ich mache nichts dergleichen. Dazu ist mir nicht Zumute. Ich bin eher verzweifelt, weil ich mir so hilflos vorkomme."

„Selbstmitleid ist jetzt aus meiner Sicht fehl am Platz, Sie müssen..."

Sein Satz wird durch ein Klingeln an der Tür unterbrochen.

„Oh Gott", entfährt es ihr. „Das ist sicher mein Besuch, den ich erwarte. Na der wird schauen. Und das versprochene Dinner – ich habe noch nicht einmal damit angefangen."

Gabi geht zur Wohnungstür und macht sie auf. Vor ihr steht ein kleiner, schwarzhaariger Mann.

„Frau, Entschuldigung, kein gutes Deutsch, ich Türke, haben Wasser."

„Was meinen Sie damit? Wollen Sie sich eine Flasche Wasser borgen? Aber wer sind Sie überhaupt?"

„Ich unten", er deutet mit der Hand auf den Boden und sagt: „Wo Sie haben Wasser?"

„Ich verstehe Sie nicht, was für Wasser?"

„Ihr Bad."

„Sie wollen zu mir ins Badezimmer?"

„Ja, wegen Wasser. Muss prüfen."

„Sie müssen mein Wasser prüfen? Wozu?"

„Wasser bei mir, von hier."

„Was!", ruft Gabi entsetzt, als sie versteht, um was es geht, und rennt in ihr Bad.

Doch sie kann aufatmen, da ist nichts Auffälliges, auch nicht in der Küche. Sie will wieder zur Tür gehen, um dem Mann mitzuteilen, dass das Problem nicht bei ihr liegt. Doch der steht bereits im Wohnzimmer und hat das Kind auf dem Arm. Schnell stürmt sie zu ihm und entreißt ihm Jim mit den Worten:

„Na hören Sie, ich kenne Sie nicht mal!"

Der Mann schaut sie völlig entgeistert an.

„Warum Angst, habe auch Kind, zwei."

„Das kann ja sein, aber Sie können nicht einfach mein Baby auf den Arm nehmen. Im Übrigen ist hier kein Wasser. Der Rohrbruch, oder was das auch immer bei Ihnen ist, kommt nicht von mir. Sie müssen woanders nachschauen."

„Nicht hier? Ist in mein Schlafzimmer. Muss von hier."

„Dann schauen Sie doch selbst nach, wenn Sie es mir nicht glauben."

Der Mann geht durch alle Räume und findet tatsächlich nichts, was die Überschwemmung in seiner Wohnung erklären könnte.

„Gehe jetzt zu Meister vom Haus, bin alleine, Frau bei Mutter. Kommt morgen. Kann helfen."

„Sie kann mir helfen? Wie meinen Sie das?"

„Mit Baby, kann gut."

„Ich brauche keine Hilfe, denn ich habe schon eine hier", sagt sie schnell und deutet dabei auf ihren Nachbarn, der noch im Sessel sitzt. Sie ist ganz durcheinander von so viel Hilfsbereitschaft.

Dieser springt plötzlich wie von einer Tarantel gestochen auf und ruft:

„Womöglich kommt es aus meiner Wohnung! Ich muss jetzt gehen. Kommen Sie mit?"

Die beiden Herren verlassen die Wohnung und Gabi steht wieder ganz alleine da. Naja, fast ganz alleine.

„So ein Mist", denkt sie. „Was mache ich jetzt?"

Kaum ist die Tür ins Schloss gefallen, klingelt es schon wieder. Jim beginnt abermals mit Schreien.

„Ich drehe noch durch!" stöhnt sie. „Was ist das bloß für ein Tag?"

Das Baby auf dem Arm wiegend, geht Gabi zur Tür und öffnet. Vor ihr steht ein junger Mann mit einer Kiste aus weißem Styropor.

„Haben Sie ein niedliches Baby, darf ich es mal halten?", fragt er.

„Nein, ganz sicher nicht", bekommt er die schroffe Antwort. „Was wollen Sie?"

„Schade, ich wollte schon immer mal ein Baby halten."

„Das ist mir egal und ich bin mir sicher, dass die Zeit für Sie noch kommen wird. Also, was …", und bevor sie den Satz vollenden kann, unterbricht er sie.

„Ich habe hier Ihre Bestellung."

„Das kann nicht sein. Ich habe nichts bestellt."

„Wir haben einen Anruf erhalten, dass wir hier zu Ihnen ein großes Asia-Menü bringen sollen. Das ist auch schon bezahlt worden."

„Da muss es sich wohl um einen Fehler handeln, denn ich habe noch nie asiatisch bestellt."

„Ich nehme das nicht wieder mit!"

Schnell stellt er die Kiste hin und verschwindet in Richtung Treppe. Jim hat sich in der Zwischenzeit wieder beruhigt. Gabi legt ihn in den Kinderwagen im Flur und bringt anschließend das Essen in die Küche.

„Jetzt behalte die Nerven. Du musst ein Fläschchen für das Baby machen", sagt Gabi zu sich selbst.

Dann liest sie die Gebrauchsanweisung und bereitet etwas umständlich die Milch zu. Als sie damit fertig ist, macht sich eine gewisse Erleichterung bei ihr breit.

„Wunderbar", denkt Gabi, „und jetzt aufräumen. Bestimmt kommt gleich Ben."

Ihn hatte sie über ein Internetportal kennengelernt und heute sollte ihr drittes Treffen sein. Doch mit dem Aufräumen wird es nichts, denn das Baby beginnt wieder zu schreien. Sie holt es aus dem Kinderwagen, hält in ihrem linken Arm und geht mit ihm zur Bank am Esstisch. Das Fläschchen hatte sie zuvor schon auf dem Tisch abgestellt. Sie setzt sich und versucht, dem Kind die Flasche in den Mund zu geben.

„Gar nicht so einfach", murmelt Gabi nach einigen Fehlversuchen. Doch dann klappt es.

Das Baby nuckelt still vor sich hin. Bei ihr macht sich ein wohliges Gefühl breit. Gabi beginnt die Situation zu genießen.

„Wie schön das ist", sagt sie zu sich selbst. „Ich hätte nie gedacht, dass mir so etwas gefallen könnte."

Als das Fläschchen leer ist, erinnert sich Gabi, dass ein Baby Bäuerchen machen sollte. Sie steht mit ihm zusammen auf, holt ein Geschirrhandtuch und legt dies auf ihre linke Schulter. Schon nach kurzer Zeit ist es vollbracht und sie legt ihn wieder in die Kuhle, die zwischen ihrem Arm und ihrem Körper entsteht. Verträumt schaut sie Jim an, bewundert die großen braunen Augen und seine langen Wimpern. Ein paar Minuten später bemerkt sie einen speziellen Geruch.

„Oh nein", denkt Gabi, „wie soll ich das denn anstellen?"

Sie sucht mit dem Kind auf dem Arm in den Paketen nach Windeln. Ganz schnell findet sie sogar eine Polsterunterlage, Einmalabwischtücher und Salbe.

„Und wo veranstalte ich das jetzt? Ich bin einfach nicht dafür eingerichtet."

Sie entschließt sich für den Esstisch und breitet darauf ein großes Handtuch. Dann die Unterlage und anschließend das Baby. Obwohl sie nicht genau weiß, wie sie es anstellen soll, beginnt sie mit dem Aufknöpfen des Strampelanzugs. Es läutet erneut. Sofort beginnt das Baby zu weinen.

„Scheiße!", im wahrsten Sinne des Wortes, „Das passt jetzt überhaupt nicht", flucht Gabi.

Das nervtötende Läuten erklingt erneut. Richtung Wohnungstür ruft sie: „Einen Moment, ich komme sofort!"

Sie knöpft den Strampelanzug wieder zu und geht zum Flur, um zu öffnen. Vor ihr steht Ben, der ganz ungläubig auf das Baby schaut:

„Äh... Gabi. Was für eine Überraschung. Hast du Besuch?" Er schaut auf seine Uhr.

„Wenn du Jim Besuch nennst, dann: ja."

„Ich dachte eher an jemanden, zu dem das Kind gehört, nicht das Kind selbst."

„Komm einfach mal rein. Ich erkläre es dir gleich. Leider konnte ich die Sachen, die hier überall im Weg stehen noch nicht aufräumen, weil ich nicht weiß, wohin damit. Normalerweise ist es bei mir immer aufgeräumt."

Jim weint immer noch.

„Was ist denn mit dem Baby los?", fragt Ben. „Das ist aber ein süßer Kerl!"

„Ich sollte die Windeln wechseln, weiß aber nicht so genau, wie. Habe darin keinerlei Erfahrung."

„Na da bist du Glückliche ja genau an den Richtigen geraten. Ich habe fünf kleinere Geschwister und mehr Übung darin, volle Windeln zu wechseln, als mir lieb ist. Komm, ich zeige es dir."

In ein paar Minuten ist alles erledigt und der Kleine schläft selig im Kinderwagen.

„Ich habe in der Küche ein Asia-Menü, das mir gebracht wurde ohne es zu bestellen", wundert sich Gabi erneut. „Wollen wir das zusammen essen? Zum Kochen bin ich leider nicht gekommen."

„Ja, gern. Dann kannst du mir auch erzählen, was es mit dem Baby auf sich hat."

Nach dem Essen setzen sich beide auf die Couch. Gabi öffnet eine zweite Flasche Rotwein.

„Ich kann deine Geschichte immer noch nicht ganz glauben. Das ist doch mehr als merkwürdig. Aber wenn es für dich ok ist, dann würde ich übers Wochenende hierbleiben und dir helfen? Montagfrüh muss ich allerdings zur Arbeit. Dann muss ich ein wichtiges Projekt für unsere Firma präsentieren."

Erleichtert stimmt Gabi zu und es wird für beide nicht nur ein unerwartet gemütliches Wochenende, sondern sie kommen sich erstaunlich schnell näher.

Kurz nachdem Ben am Montag gegangen ist, klingelt es an der Tür. Dieses Mal schreit das Baby nicht. Gabi öffnet und vor ihr stehen ein Mann und eine Frau.

„Guten Morgen. Ich bin Professor Peters und das ist Frau Färber vom Jugendamt. Wie ich sehe, sind Sie ganz relaxed. Das hatte ich, ehrlich gesagt, nicht erwartet."

„Und woher kommen Sie?", fragt Gabi nach.

„Ich bin vom Institut für wissenschaftliche Arbeit zum Wohle der Menschheit."

„Davon habe ich noch nie gehört."

„Das können Sie auch nicht, da wir geheim im Hintergrund agieren."

„Und das soll ich ihm glauben?", fragt Gabi die Frau.

„Ja, das ist korrekt. Wir arbeiten schon sehr lange mit dem Institut zusammen."

Gabi bittet die beiden hinein und bietet ihnen einen Platz auf der Couch an.

„Wo ist denn das Kind?", fragt Frau Färber.

„Bei mir im Schlafzimmer. Es schläft in seiner Wiege."

„Toll! Und es sieht so aus, als ob schon alles an seinem Platz ist und Sie sich gut arrangiert haben. Das ist ein außergewöhnliches Ergebnis."

„Bitte sagen Sie mir jetzt, was es mit dem Ganzen auf sich hat!"

„Sie wurden von 10.000 alleinstehenden Frauen zunächst per Zufallsprinzip ausgewählt", beginnt der Professor. „Dann wurde über Sie recherchiert und Sie wurden ein halbes Jahr lang beobachtet."

„Ich wurde was?", fällt Gabi ihm entsetzt ins Wort. „Hatte ich etwa einen Stalker?!"

„Naja, nicht unbedingt, es war nur ein Privat-Detektiv, der sie beschattet hat."

„Also jetzt hören Sie mal!", ruft Gabi empört. „Mir ein halbes Jahr hinterher zu spionieren. Das ist doch nicht erlaubt. Ich werde Sie anzeigen!"

„Mal langsam, junge Frau, wir haben eine amtliche Genehmigung", antwortet Professor Peters sichtlich bemüht, die Situation zu entspannen. „Da zu viele elternlose ausländische Babys zu uns kommen, hat die Regierung eine Studie in Auftrag gegeben, ob es Sinn macht eine Werbekampagne für Adoptionen zu starten. Es wäre günstiger, allen Freiwilligen die Erstausstattung und so weiter zu bezahlen, als alle Babys in Heimen unterzubringen, für die sowieso nicht genügend Personal vorhanden ist. Neun von den zehn ausgewählten Frauen würden das Baby nach einem Wochenende auf Probe behalten. Wie sieht das bei Ihnen aus?"

Ein Wochenende

Wenn mein Mann wie jeden Morgen joggen geht, richte ich erst das Frühstück und lese dann die Tageszeitung, bis er sich geschniegelt und gestriegelt zu mir an den Tisch setzt. Anders als sonst, war jener Morgen an dem ich auf eine Anzeige aufmerksam wurde.

Langeweile in Ihrer Beziehung? Wir bieten Ihnen ein schönes, unvergessliches Wochenende zu zweit, bei dem sie ganz auf Ihre Kosten kommen. Nähere Informationen finden Sie unter www.gemeinsam-zwei.de

Da sich dies sehr interessant anhörte, beschloss ich, ins Internet zu gehen, wenn mein Mann zur Arbeit gegangen war. Die Internetseite war sehr einfach gestaltet. Mit dem Click auf einen Button erhielt man Angaben zur Location. Was ich aber nicht finden konnte, waren Informationen, was da überhaupt geboten werden sollte. Dafür der Satz: *Zufriedenheitsgarantie bisher 100 %. Lassen Sie sich einfach überraschen.*

„Das liest sich gut", fand ich und drückte den Button bezüglich der Kosten.

Der Preis erschien mir zwar recht hoch, aber da Geld bei uns überhaupt keine Rolle spielt, war das für mich nicht relevant. Je mehr ich darüber nachdachte, umso besser fand ich die Vorstellung, dort zu buchen.

Ich rief meinen Mann in der Firma an und schlug ihm für das bevorstehende Wochenende vor, dass wir nicht wie üblich und geplant zu unserem Ferienhaus fahren, sondern in ein Hotel am Bodensee. Er hatte wie immer nicht viel Zeit, weil er gleich wieder ein Meeting hatte. Und zu meiner Verwunderung stimmte er zu, ohne nach weiteren Details zu fragen.

Kurz nachdem ich gebucht hatte, kam prompt ein Bestätigungsmail mit der Bitte, noch die jeweiligen Kleider-und Schuhgrößen zu nennen.

„Sicher wegen der Bademäntel", vermutete ich und schickte die Antwort sofort zurück. Daraufhin folgte noch ein Mail bezüglich Kleidervorschriften:

Bitte bringen Sie Leinenschuhe mit weißen Sohlen, sowie Badeanzug, alternativ Bikini und Badehose mit. Lange Hosen für den Herrn am Abend sind obligatorisch.

Solche Schuhe hatten wir nicht, aber da ich den ganzen Tag Zeit hatte, ging ich erst mal shoppen. Dabei kaufte ich mir natürlich auch gleich ein neues Badeoutfit.

Auf der Hinfahrt, mit Navi ist das ja heute überhaupt kein Problem mehr, erzählte ich meinem Mann, dass wir dort volles Programm hätten. Er solle sich einfach überraschen lassen. Darüber war er zwar erstaunt, protestierte aber nicht. Zum Glück hörte er nicht den Stein, der mir vom Herzen fiel. Schließlich wusste ich selbst nicht, was uns erwarten würde. Die ganze Fahrt über redeten wir nicht weiter, alles war wie immer. Das Hotel lag direkt am Bodensee.

„Klein, aber hoffentlich so fein wie auf den Bildern im Internet", dachte ich als wir am Hotel ankamen und einen ersten Blick auf den malerischen Bodensee werfen konnten.

Nach dem Einchecken ging es sofort zum Abendessen. Auch hier schwiegen wir uns an. Ein Ober unterbrach uns dabei.

„Guten Abend die Herrschaften. Wir beginnen den Abend mit einem Aperitif nach Art des Hauses und werden anschließend das 5-Gänge Menü servieren. Extra für diesen Abend haben wir einen Sternekoch kommen lassen, der Ihre Gaumen vorzüglich verwöhnen wird. Zu jedem Gang reichen wir Ihnen einen exakt auf die Speisen abgestimmten Wein. Sollten Sie an einer Nahrungsmittelunverträglichkeit leiden oder eine unserer Zutaten nicht mögen, so geben Sie uns bitte Bescheid!"

Einige Minuten später brachte er uns den Aperitif, einen Champagner mit einem Schuss Holunderblütensirup, und fragte uns:

„Wäre es möglich, dass sich eine junge Dame zu Ihnen an den Tisch setzt? Wie Sie sehen sind inzwischen alle Tische belegt."

Wir schauten uns im Raum um. Dieser hatte sich mit Leuten gefüllt und tatsächlich gab es keinen freien Platz mehr, außer dem Stuhl an unserem Tisch. Wir sahen uns an und mein Mann stimmte zu, obwohl es ihm, so wie ich ihn kannte, sicher nicht Recht war.

Kurze Zeit später gesellte sich eine hübsche Dame mit blonden langen Haaren zu uns.

„Guten Abend, ich bin Frau Katz", stellte sie sich uns vor.

„Herr und Frau Hund", erwiderte mein Mann.

„Wie witzig, finden Sie nicht auch?", sagte sie in Anspielung auf die beiden Namen.

Sie erhielt ebenfalls ein Glas Champagner und wir stießen, wie man es eben so macht, auf einen schönen Abend an. Was dann folgte, konnte ich nicht fassen: Mein Mann, der doch sonst so wortkarg war, taute auf und redete wie ein offenes Buch. Leider nicht mit mir, sondern mit der jungen Frau.

„Wie in alten Zeiten", kam es mir in den Sinn. Früher war er genauso charmant und unterhaltsam gewesen.

„Super, wenn das so weitergeht wird das nichts mit einem schönen Wochenende zu zweit."

Innerlich kochte ich vor Wut, aber was sollte ich tun. Ihm eine Szene machen?

„Keine gute Idee", dachte ich und zeigte gute Miene zum Spiel.

Das hervorragende Essen und auch der zu jedem Gang passende Wein, konnten mich nicht versöhnen. Nach dem Essen gingen wir auf unser Zimmer und ich sofort schlechtgelaunt ins Bett. Mein Mann schien davon nichts zu bemerken.

Nach einer erstaunlich erholsamen Nacht war ich gewillt, dem Wochenende noch eine Chance zu geben und begrub meine schlechte Laune vorerst. Doch mein Mann war immer noch wie ausgewechselt: Anstatt das ausgezeichnete Frühstück mit Blick auf den sonnenbeschienenen Bodensee zu genießen, schaute er sich ständig nach dieser Frau um. Als er sie nicht entdecken konnte, ging er sogar so weit, dass er den Ober nach ihr fragte.

„Die Dame ist bereits abgereist", war dessen schlichte Antwort.

Die Enttäuschung darüber war meinem Mann buchstäblich ins Gesicht geschrieben. Doch ich war überaus erleichtert.

„Hier ist Ihr Programm für heute", sagte der Ober und reichte meinem Mann ein hochwertiges Stück Papier.

Bitte finden Sie sich um 11 Uhr am Bootssteg des Hotels ein. Dort wartet ein Segelboot auf Sie. Bitte tragen Sie Leinenschuhe mit weißer Sohle und wenn Sie wollen, gerne Ihre Badesachen.

„Das wollte ich schon immer einmal machen, gute Idee von dir", sagte mein Mann.

„Wenn der wüsste, dass ich auch nichts weiß", dachte ich und sagte laut: „Die Badesachen ziehen wir am besten gleich an, denn das Wetter ist heute herrlich. So ein strahlender Sonnenschein. Es sind bestimmt 28 Grad."

An Bord erwartete uns ein braungebrannter und muskulöser junger Mann.

„Wow, der sieht aber knackig aus", schoss es mir bewundernd durch den Kopf.

Zur Begrüßung gab es erst ein Glas Champagner, dann legte das Boot ab und der junge Mann nahm Kurs auf die Mitte des Sees. Wir saßen am Rand des Bootes auf einer Bank und es war ein großartiges Gefühl, so über die Wellen zu gleiten. Der Seegang war ruhig und wir beschlossen, uns auf dem Deck zu sonnen.

Nachdem wir einige Zeit gesegelt waren, bekamen wir verschiedene leckere Snacks und noch mehr Champagner angeboten. Der Kapitän kümmerte sich bevorzugt um mich. Er fragte mich sogar, ob er meinen Rücken mit Sonnenmilch eincremen soll. Erfreut über den Vorschlag, stimmte ich zu. Meinem Mann passte das alles scheinbar überhaupt nicht: Mit bösen Blicken musterte er den Mann und auch ich bekam so einen Blick zu spüren. Das verwunderte mich schon etwas. Auf der Rückfahrt hing eine gewisse Spannung in der Luft. Da wir aber noch mehr Champagner bekamen, lockerte sich die Stimmung mit der Zeit wieder.

Als wir ins Hotelzimmer zurückkamen, entdeckten wir auf einem kleinen Tisch eine Flasche Sekt und eine Karte mit der Notiz: *Das Badewasser ist bereitet.*

„Was soll das denn jetzt bedeuten? Wir kommen doch gerade vom See.", fragte mein Mann.

„Komm, lass uns ins Badezimmer gehen und nachsehen", schlug ich neugierig vor.

Neben der großen runden Badewanne standen zwei Sektgläser. In der Wanne war tatsächlich duftendes Wasser mit viel Badeschaum.

„Komm, das wollte ich schon immer mal machen. Öffne du doch bitte die Sektflasche", ich war vollkommen aus dem Häuschen.

Wir tranken ein Glas und stiegen dann gemeinsam in die Wanne.

Mehr als: „Was du dir alles ausgedacht hast", kam meinem Mann nicht über die Lippen. Das gewohnte Schweigen war wieder angesagt.

Schon nach kurzer Zeit verließen wir die Wanne wieder, um uns für das Abendessen fertig zu machen.

Beim Abendessen mussten wir uns den Tisch erneut teilen, ein Pärchen in unserem Alter wurde zu uns gesetzt. Es herrschte wieder Platzmangel. Die Unterhaltung wurde hauptsächlich von den beiden anderen übernommen. Nach dem Essen fragten sie uns nach einem gemeinsamen Absacker und wir gingen noch zusammen an die Bar.

Der bestellte Drink hatte es in sich, oder es lag daran, dass wir schon über den gesamten Tag verteilt zu viel Alkohol getrunken hatten. Denn als mein Mann von der Frau gefragt wurde, ob er mit ihr tanzen will sagte er doch tatsächlich "Ja". Ich schaute ganz verdattert. Wir hatten zum letzten Mal bei unserer Hochzeit den obligatorischen Walzer getanzt und seitdem war er nicht mehr auf die Tanzfläche zu bekommen. Es kam langsame Musik und noch weitere Pärchen standen auf, um zu tanzen. Ich schüttete den Drink hinunter und bestellte gleich noch einen.

„Ich kann leider nicht tanzen", sagte der andere Mann.

„Mein Mann normalerweise auch nicht."

„Lassen Sie uns anstoßen", sagte er und danach flüsterte er mir ins Ohr: „Ich finde Sie äußerst attraktiv und sexy."

Das schmeichelte mir sehr, denn wann hört man schon einmal so ein Kompliment? Ich fand den Mann zwar sympathisch, mehr aber auch nicht.

„Will der womöglich was von mir?", dachte ich.

Zum Glück kehrte genau in dem Moment mein Mann zurück. Er schien wirklich gut drauf zu sein.

„Das hat richtig Spaß gemacht", sagte er für seine Verhältnisse fast schon euphorisch.

Ich glaubte mich verhört zu haben.

„Du tanzt doch sonst gar nicht", sagte ich etwas gereizt.

„Komm, lass uns ins Bett gehen", wich er mir aus.

Mit dem Gedanken, dass die angepriesene Zufriedenheitsquote wohl eher nur dazu da war, Kunden anzulocken, schlief ich ein.

Am nächsten Tag standen nach dem Frühstück *verwöhnende Stunden im SPA* auf dem Programm. Die Dame von der Rezeption brachte uns in den offen gestalteten Wellnessbereich. Links von der Eingangstür befand sich eine große Dusche, anschließend eine Liege hinter einem Sichtschutz und geradeaus stand ein großzügiger Whirlpool.

„Bitte hängen Sie Ihre Bademäntel hier auf und ziehen am besten auch gleich Ihre Badesachen aus", war ihre Anweisung. „Die Masseurin ist sofort bei Ihnen."

„Ich behalte meinen Bikini an", sagte ich entschieden.

„Ja, also meine Badehose will ich auch nicht ausziehen", stimmte mein Mann mir zu. In der Sache waren wir uns einig. Zumindest, bis die Masseurin den Raum betrat.

„Guten Tag, die Herrschaften. Wir starten mit einer Rückenmassage. Bei wem darf ich beginnen?"

„Also ich warte mal lieber", sagte mein Mann.

„Sie können hier drüben an dem kleinen Tisch Platz nehmen und Zeitung lesen, wenn Sie möchten und auch gerne von dem Saft trinken, der für Sie beide bereitsteht. Meine Dame, ziehen Sie bitte den

Bikini aus und legen sich dort drüben mit dem Bauch auf die Liege."

„Ich möchte den Bikini lieber anbehalten", sagte ich protestierend.

„Das geht nicht, wegen dem anschließenden Ganzkörperpeeling. Ich schaue Ihnen schon nichts ab. Außerdem ist es bequemer ohne."

Damit hatte sie zwar Recht, aber irgendwie war es mir unangenehm. Trotzdem folgte ich der Anweisung. Die Rückenmassage war sehr entspannend, doch das Peeling gefiel mir gar nicht. Die Masseurin schrubbte mir mit groben Salzkörnern über den gesamten Körper. Ich fand es sehr schmerzhaft, ließ es aber über mich ergehen.

„Ihre Haut ist hinterher weich wie ein Baby-Po", versprach sie mir.

Am Ende durfte ich duschen und mein Mann kam an die Reihe. Währenddessen setzte ich mich in den Whirlpool und trank Saft. Meinem Mann schienen die Körner nichts auszumachen, er ging beschwingt und mit strahlendem Gesicht unter die Dusche. Anschließend stieg er zu mir in die Wanne.

„Ich bringe Ihnen jetzt noch frische Früchte und Champagner, lasse Sie eine halbe Stunde entspannen und hole Sie danach wieder ab."

Kaum hatte sie die Tür hinter sich geschlossen, sagte mein Mann:

„Ich hatte ganz vergessen, welch gute Figur du hast."

Wir prosteten uns zu, tranken einen Schluck und aßen von den süßen Früchten.

„Früher hätten wir es jetzt getrieben", sagte er.

„Was hält uns davon ab", entgegnete ich keck.

„Wir sind zu alt für sowas. Was ist, wenn jemand reinkommt."

„Du bist ein Angsthase", versuchte ich ihn zu provozieren.

„Ja dann ist das halt so. Ich steige aus dem Wasser, sonst bekomme ich noch Schwimmhäute zwischen den Zehen."

Wir verließen beide die Wanne, zogen uns an und tranken im Stehen noch mehr Champagner, bis die Masseurin wieder nach uns sah.

„Sie sind ja schon draußen", stellte sie erstaunt fest. „Dann kommen Sie mal mit. Jetzt wartet eine Fußreflexzonenmassage auf Sie."

Diese bekamen wir zeitgleich, aber in unterschiedlichen Räumen. Zuerst gab es ein Fußbad und danach die Behandlung. Und auch wenn es an manchen Stellen der Füße etwas unangenehm war, so war es für uns beide ein ganz neues Erlebnis. Wir trafen uns an der Bar im SPA-Bereich, mein Mann hatte sich schon einen Fitnessdrink bestellt. Ich probierte und wollte dann lieber keinen. Er schmeckte zu gesund, wie ich immer sage. Ich bestellte mir lieber ein Pils. Das ist besonders gut gegen Durst, besser als Wasser, finde ich.

Einige Zeit später kam die Dame vom Empfang wieder zu uns.

„Jetzt werden sich Ihre Wege trennen. Frau Hund, Sie bekommen eine Gesichtsbehandlung, Make-up und gestylte Haare. Herr Hund, auf Sie wartet eine Thai-Massage, die ungefähr zweieinhalb Stunden dauern wird."

„Was ist eine Thai-Massage?", fragte mein Mann nach.

„Das ist eine Kombination aus Streckpositionen, Dehnbewegungen, Gelenkmobilisationen und Druckpunktmassagen. Sehr entspannend, Sie werden schon sehen."

Ich war zuerst auf dem Zimmer zurück. Auf dem Bett lag ein schwarzes kurzes Kleid sowie hochhackige schwarze Pumps.

„Das ist dann wohl für mich", dachte ich und schlüpfte in das enganliegende Kleid.

Dann ging ich ins Bad, begutachtete mein hergerichtetes Selbst und legte mein teures Parfum auf. Als ich zurück ins Zimmer kam, war plötzlich der Tisch gedeckt. Viele Leckereien standen auf silbernen Tabletts. Eine bereits geöffnete Champagnerflasche schaute aus einem Eiskübel heraus. Schnell stieg ich in die Schuhe und stellte mit einem zufriedenen Blick in den mannshohen Spiegel am Schrank fest, dass mir beides perfekt passte. Gerade als ich einen näheren Blick auf den gedeckten Tisch werfen wollte, ging plötzlich die Zimmertür auf. Herein kam mein Mann, gekleidet mit einer schicken schwarzen Hose, einem schwarzen Hemd und einer roten Krawatte. Seine Schritte kamen aus dem Gleichgewicht als er mich sah. Mir dagegen stockte der Atem, denn er hatte schon lange nicht mehr so gut ausgesehen.

„Du siehst hinreißend aus. Ich bin hin und weg", sagte er anerkennend.

So ein Kompliment hatte ich schon lange nicht mehr von ihm bekommen und es ging runter wie Öl.

„Komm, lass uns etwas trinken und danach vernasche ich nicht nur die Häppchen", fügte er hinzu und strahlte mich dabei an, wie bei unserem ersten Treffen vor vielen Jahren.

Die Einweihungsparty

Hier dürfen Sie aber so nicht stehen bleiben. Haben Sie Ihren Führerschein im Lotto gewonnen?", ruft er einem Mann zu der gerade aus dem Auto gestiegen ist.

Dieser dreht sich abrupt und verärgert um.

„Ich weiß nicht, was Sie von mir wollen. Ich parke so gut, wie es hier eben möglich ist."

„Sie belegen zwei Parkplätze, das ist verboten", sagt er und beginnt zu kichern.

„Finden Sie das auch noch amüsant? Kann ich etwas dafür, dass das Auto neben mir schon so steht, dass mir gar nichts anderes übrig bleibt?", verteidigt sich der Mann energisch. „Ganz schön anmaßend von Ihnen oder sind Sie Polizist?"

„Sag mal, erkennst du mich nicht?", antwortet er, inzwischen glucksend vor Lachen.

„Jetzt auch noch frech werden!", unterbricht ihn der Mann empört und mit lauter Stimme. „Wir sind alles andere als per Du. Die Jugend von heute ist einfach nicht mehr das, was sie einmal war."

„Erkennst du mich wirklich nicht? Ich bin Nick, dein Neffe."

Der Mann schaut ihn entgeistert an. „Also, ehrlich gesagt, wenn das wirklich so ist, dann kann ich mich nicht an Sie erinnern. Oder an ... dich", wirft er stockend hinterher.

„Onkel Wolfi, jetzt bin ich aber enttäuscht. Gut, es ist einige Zeit her, dass wir uns zuletzt gesehen haben, aber ich habe dich doch auch gleich erkannt."

„Ach, ich habe mich doch auch seit 20 Jahren nicht verändert", winkt er ab. „Tut mir leid. Ich kann es immer noch nicht ganz glauben... Irgendwie siehst du anders aus, als ich dich in Erinnerung habe. Kann das an den Haaren liegen?"

„Rot waren sie schon immer, aber sie sind seit Kurzem nur noch stoppellang und nicht mehr wie sonst zu einem kleinen Zopf gebunden. Macht das echt so viel aus?"

Der ältere Mann kommt stirnrunzelnd näher. „Das ist ein gewaltiger Unterschied. Aber jetzt erkenne ich dich. Meine Verärgerung hat mich wohl nicht richtig hinsehen lassen."

„Du kommst also auch zur Einweihungsparty von meinem Vater? Ich dachte, er hätte nur Freunde eingeladen, weil er mit der Verwandtschaft nichts anfangen kann."

„Ja, und meine Zwillinge kommen auch noch. Die sind mit ihren Freudinnen extra gefahren."

„Das scheint ja eine richtig große Runde zu werden. Damit habe ich gar nicht gerechnet. Weißt du, wer sonst noch eingeladen ist?"

„Nein, er sagte am Telefon nur noch was von Ilka. Was seine Ex hier verloren haben soll ist mir allerdings schleierhaft."

„Das wird ja immer seltsamer. Gibt das hier etwa ein Familientreffen, oder was? Komm wir gehen mal hoch. Es ist in der vierten Etage. Bist du gut zu Fuß? Einen Aufzug gibt es nämlich nicht."

Gepresst atmet der Ältere aus. "Das hätte er mir ja ruhig auch schon am Telefon sagen können. Dann wird das für mich etwas beschwerlich, weil ich schon seit einiger Zeit Probleme mit meinen Knien habe. Und mit der Kondition sowieso. Aber da habe ich jetzt wohl keine andere Wahl. Lass uns hochgehen."

Völlig außer Atem kommt der Onkel, einige Zeit nach seinem Neffen, oben an und wird empfangen mit den Worten: „Na, auch schon da? Ich habe längst geklingelt, aber es macht niemand auf. Ich versuche es noch mal."

Ein paar Sekunden später wird die Tür doch geöffnet.

„Hallo mein verehrter Herr Erzeuger! Schön, dass du dich auch mal zur Tür bewegst. Ich hatte schon befürchtet, dass die Party abgesagt wurde und wir nichts davon mitbekommen haben."

„Kannst du dir das nicht abgewöhnen?", antwortet der Vater ärgerlich.

„Was denn?", fragt Nick unschuldig.

„Mich Erzeuger zu nennen. Das kann ich gar nicht leiden."

„Wenn es doch aber stimmt."

„Meine Güte, nicht schon wieder diese Diskussion. Sag es einfach nicht mehr, okay?

„Ja, aber nur weil du es bist. Und auch bloß heute", antwortet er frech und geht an seinem Vater vorbei in die Wohnung.

„Hallo Wolfi, schön dass du gekommen bist."

„Danke für die Einladung, Greg. Ich habe mich sehr darüber gefreut. Ist schon einige Zeit her, dass wir uns getroffen haben. Übrigens, die vielen Treppen sind eine Qual!"

„Jetzt sag bloß. Du bist gerade mal drei Jahre älter als ich. Ist doch kein Problem, die paar Stufen."

„Wenn du meinst. Du wirst auch noch älter und hast hoffentlich den Punkt bedacht, als du die Wohnung gekauft hast."

„Also wenn ich ehrlich bin, nicht unbedingt", antwortet der Bruder nachdenklich. „Aber jetzt komm doch rein. Die Wohnung wird dir bestimmt gefallen."

Sie gehen zusammen ins Wohnzimmer. Hier haben sich schon einige Personen versammelt, die sich angeregt unterhalten.

„Hier ist er, der letzte Mohikaner – mein Bruder. Jetzt können wir endlich anstoßen. Hat jeder ein Glas

Sekt? Vorstellen könnt ihr euch später noch", ruft Greg laut in die Runde.

Zeitgleich mit dem Klirren der Gläser klingelt es an der Wohnungstür. Greg zuckt unwillkürlich zusammen und meint: „Wer kann das sein? Es sind doch inzwischen alle da."

Er geht zur Tür und öffnet diese neugierig. Vor ihm steht eine junge Dame. Erstaunt sagt er: „Was zum Teufel...?", er schaut noch einmal zurück in Richtung Wohnzimmer, dann kurz auf sein Sektglas. „Was machst du denn hier draußen? Du hast doch gerade noch mit uns hier drin angestoßen."

„Was? Nein, Sie müssen mich..."

„Klar, du bist doch die Freundin von Max!", unterbricht er sie.

„Nein, ich bin die Schwester von Lotte, seiner Freundin. Ich habe unseren Wohnungsschlüssel vergessen und will den nur kurz abholen."

„Das gibt es doch gar nicht, noch ein Zwilling. Willst du nicht reinkommen? Ich darf doch du sagen?"

„Gern."

„Willst du nicht hierbleiben und nachher mit uns essen? Es ist genug da."

„Ähm...", leicht verunsichert über die plötzliche Einladung schaut sie an ihm vorbei. „Klar, warum nicht. Ich habe heute eh nichts mehr vor."

In der Zwischenzeit haben alle an dem gedeckten Tisch im Essbereich Platz genommen. „Wir brauchen noch einen Stuhl und einen Teller für unseren unerwarteten Gast. Das ist …"

„Eva?", ruft Lotte erstaunt dazwischen. „Was machst du denn hier? Spionierst du mir etwa nach? Woher wusstest du, wo ich bin? Egal. Leute, das ist meine Schwester Eva. Komm und setz dich zu uns. Hier zwischen mir und Nick passt noch ein Stuhl hin."

„Hallo Eva. Ich bin der Sohn des Gastgebers", stellt sich Nick vor, nachdem sie sich gesetzt hat. „Krass, wie du deiner Schwester ähnelst. Gibt es überhaupt einen Unterschied?"

„Da musst du schon sehr genau hinsehen. Wir sind eineiige Zwillinge. Manchmal verwechselt uns sogar unsere Mutter."

„Das war sicher in der Schule besonders lustig, oder?"

„Ja, ab und zu haben wir uns einen Spaß daraus gemacht, die Lehrer zu verwirren. Aber im Großen und Ganzen nutzen wir es eigentlich nicht aus."

Ihre Unterhaltung wird durch die Stimme von Greg unterbrochen. „Das Buffet ist eröffnet. Getränke kann sich bitte jeder selber nehmen. Ihr seht ja wo alles steht – auf dem Tisch da drüben."

Er deutet mit ausgestreckter Hand auf die gegenüberliegende Seite des Raums.

„Mensch bin ich froh, dass ich nicht grillen muss. Das mag ich gar nicht. Vor allem, weil mir beim letzten Mal ziemlich viel angebrannt ist", sagt Nick zu Eva. „Mein Vater hatte das ursprünglich vorgehabt und sich letztendlich für das Essen von einem Partyservice entschieden. Manchmal ist es ganz gut, wenn man sich ein bisschen blöd anstellt."

Dann wendet er sich seinem Onkel auf dem gegenüberliegenden Platz zu.

„Na, was sagst du zu den weiblichen Zwillingen?", fragt er seinen Onkel.

Dann fällt ihm ein, dass Eva zwar dank Lotte namentlich bekannt ist, aber sie seinen Onkel noch nicht kennt.

„Oh, entschuldige. Ich sollte euch erstmal vorstellen", sagt er zu Eva. „Eva, das ist mein Onkel Wolfi."

Sie begrüßen sich gegenseitig und Eva fragt neugierig: „Was ist denn das für eine Abkürzung? In Ihrem Alter ... ", Eva stockt, schaut sich unsicher um und ihre Wangen färben sich rot. „Entschuldigen Sie, sowas sagt man nicht...", und sieht ihn peinlich berührt an.

„Kein Problem für mich. Du meinst wegen dem i am Schluss? Ich heiße Wolfram, aber das sagt definitiv niemand zu mir, weil ich das nicht will. Ich hasse diesen Namen. Wolf wäre auch okay, falls dir das besser zusagt. Und bitte sag doch auch du zu mir."

„Alles klar, dann werde ich Wolf sagen. Wo ist denn deine Frau?"

Der Blick von Onkel Wolfi wurde traurig und leise antwortet er: „Sie ist vor zwei Jahren gestorben."

„Oh! Das tut mir leid. Ich bitte um Entschuldigung für die Frage.", zutiefst erschüttert schaut Eva Hilfe suchend zu Nick.

„Schon gut. Sie wäre sicher gerne hier. Für sie hatte Familie einen hohen Stellenwert. Aber jetzt lasst uns etwas zu essen holen.", brummt Onkel Wolf besänftigend.

Er steht auf und geht an das Buffet.

„Da bin ich aber ganz schön ins Fettnäpfchen getreten. Passiert mir leider öfter als mir lieb ist", flüstert Eva zu Nick.

„Kenne ich, lass es gut sein. Onkel Wolfi ist eigentlich ein lockerer Typ. Ich für meinen Teil habe Hunger, kommst du mit?"

Kurze Zeit später sitzen alle mit einem vollen Teller wieder am Tisch. Gefräßige Stille macht sich breit. Diese wird unterbrochen, als Greg aufsteht, um mit allen noch einmal auf seine neue Wohnung anzustoßen. Dies bewirkt, dass die Unterhaltung wieder in Fahrt kommt.

„Die Hühnerschlegel sind schön knusprig und der Tomatensalat schmeckt übel gut", sagt Nick zu Eva.

„Mir schmeckt es auch, ich muss nur aufpassen, dass ich nicht zu viel esse. Manchmal nehme ich vom bloßen Anschauen von Essen zu."

„Was? Du hast doch eine Top-Figur."

„Das ist relativ. Aber heute mache ich mal eine Ausnahme und werde alles probieren, vor allem auch die Nachspeisen. Hast du das Tiramisu gesehen? Das ist eines meiner Lieblingsdesserts."

„Ich steh nicht so auf Süßes, aber es gibt ja genügend herzhafte Sachen zur Auswahl. Wie findest du den Weißwein?"

„Der ist gut, schön herb und süffig."

Sie stoßen gemeinsam an und danach mit Wolf. Auch die anderen machen dabei wieder mit.

„Hast du keine Musik auf Lager? Was bist du denn für ein Gastgeber?", ruft Wolf seinem Bruder zu.

„Kommt sofort, hatte ich ganz vergessen", erwidert Greg.

Er steht auf und schiebt eine CD mit aktuellen deutschen Titeln in die Stereoanlage. Es ertönt laut: *„Ich wünsche dir ein geiles Leben ..."*

„Dein Papa ist ja richtig aktuell unterwegs, das hätte ich nicht gedacht", sagt Eva.

„Die CD hat er von mir. Ich habe für heute ein paar Titel zusammengestellt. Ob er die Songs kennt, weiß ich nicht wirklich. Aber egal, Hauptsache gute Musik. Was hörst du sonst?"

„Alles Mögliche. Mir gefällt recht viel."

„Und was machst du so?"

„Ich bin mit dem Abi fertig geworden und will studieren. Nur was, da bin ich mir noch nicht ganz sicher. Jura vielleicht. Oder Betriebswirtschaft."

„Das klingt langweilig."

„Was machst du denn?"

„Ich studiere Chemie."

„Das ist jetzt nicht dein Ernst?"

„Doch, wieso?"

„Das schlimmste Fach, das ich an der Schule jemals hatte."

„Ach Quatsch. Mir macht es Spaß, ich will später mal in die Forschung gehen. Das hat mich schon immer gereizt."

„Da haben wir wohl total unterschiedliche Interessen."

„Wer weiß, der Beruf ist das eine, aber es gibt ja noch ganz andere Bereiche!", Nick grinst sie an. „Tanzt du gern?"

„Ich kann Salsa tanzen, aber mehr nicht."

„Siehst du, so schnell gibt es eine Gemeinsamkeit. Ich kann zwar noch ein paar Tänze mehr, aber Salsa ist mein absoluter Favorit."

„Und was machst du sonst in deiner Freizeit?"

„Ich gehe öfter ins Kino und überhaupt schaue ich gerne Spielfilme. Pizza, Popcorn und Cola dürfen dabei nicht fehlen. Damit das nicht ansetzt, gehe ich zum Abtrainieren joggen oder ins Fitnessstudio."

„Nicht schlecht. Filme schaue ich auch gern, nur mit joggen und so was stehe ich eher auf Kriegsfuß. Dafür mache ich seit einem Jahr Thai Bo. Das macht echt Spaß und im Notfall könnte ich mich sogar verteidigen."

„Oha, da muss ich ab jetzt wohl aufpassen", sagt er schmunzelnd und geht spielerisch in Deckung.

„Ach quatsch, solange du mich nicht angreifst, kann dir nichts passieren."

„Das werde ich mir merken... Willst du die Wohnung anschauen? Onkel Wolfi, wie steht es mit dir? Hast du dich schon umgesehen?"

„Nein, noch nicht. Es war keine Zeit dafür. Aber jetzt esse ich noch. Ihr könnt euch ruhig ohne mich umschauen. Ich verlaufe mich dann schon nicht."

Die beiden stehen auf und gehen eine Etage nach oben. Der erste Raum auf der rechten Seite ist das Badezimmer.

„Schau mal da, eine runde Badewanne, mein Traum!"

„Und das Tollste: Das ist sogar ein Whirlpool. Den habe ich schon ausprobiert."

„Und die riesige Dusche erst. Das hätte ich in der Wohnung niemals vermutet. Von außen ist das Haus doch eher unscheinbar. Alles sieht sehr modern aus!"

„Komm wir gehen weiter, angrenzend ist das Schlafzimmer mit begehbarem Kleiderschrank."

„Wozu braucht dein Vater so ein großes Bett?"

„Keine Ahnung, das musst du ihn selber fragen."

„Das mach ich lieber nicht. Ich habe heute schon genügend Leuten vor den Kopf gestoßen. Was soll deine Familie sonst noch von mir denken?"

„Wahrscheinlich gar nichts, zumindest nichts Schlimmes. Das mit Onkel Wolfi hat doch keiner weiter mitgekriegt. Aber so ist es doch schöner, als wenn das Bett klein wäre, finde ich."

„Der Schrank ist Bombe. So etwas will ich später auch einmal haben."

„Hier geht es hinaus auf die Dachterrasse. Du wirst sehen, der Ausblick auf den nahe gelegenen Wald ist toll. Alles ist gerade so schön grün."

„Du hast nicht zu viel versprochen. Hier abends auf der Terrasse bei einem Glas Wein zu sitzen. Was will man mehr?"

„Sollen wir der Gesellschaft entfliehen, eine Flasche Wein holen und uns auf die Bank setzen?"

„Können wir das so einfach?"

„Vermutlich fällt dies gar niemandem auf. Ich gehe uns schnell etwas holen. Bin gleich zurück!"

„Nein, warte, ich hatte noch keinen Nachtisch. Wir könnten doch später, vielleicht?"

„Na gut, wenn du meinst. Dann lass uns wieder runtergehen", sagt Nick enttäuscht.

Wieder zurück am Tisch, meint Lotte zu den beiden: „Na, wo wart ihr denn? Ich habe euch schon vermisst. Trinkt ihr ein Gläschen Schnaps mit?"

„Ja, warum nicht. Was ist das für einer?", fragt Nick.

„Greg hat gesagt, es sei Himbeergeist. Die Flasche hat allerdings kein Etikett."

„Oh, das ist aber wenig vertrauenerweckend. Kommt, wir probieren ihn mal. Onkel Wolfi, trinkst du mit?"

„Ich muss später noch Auto fahren. Da verzichte ich mal lieber."

„Okay, dann trinken nur wir drei. Auf euer Wohl!"

Aus einem Gläschen werden in kurzer Zeit einige mehr. Da die Stimmung ausgelassener wird, macht

Nick den Vorschlag, wieder zurück auf die Dachterrasse zu gehen. Angeheitert wie sie sind, gehen Eva und Lotte mit. Max ist so vertieft in ein Gespräch mit Greg, dass er gar nicht bemerkt, dass seine Freundin Lotte schon etwas angetrunken ist. Oben geht das Trinkgelage munter weiter. Man hört nur noch Gelächter und Gekicher, welches abrupt von einem lauten Ausruf von Nick unterbrochen wird: „Ich weiß jetzt, wie man euch auseinanderhalten kann!"

„Na da bin ich ja jetzt gespannt. Das kannst du ganz sicher nicht. Wetten?", sagt Eva.

„Gebt mir eine Chance, ich beweise es euch."

Lotte schaut Eva an und sie sind sich ohne Worte einig.

„Also gut. Was unterscheidet uns?"

„Das muss ich erst testen."

„Wette schon verloren!"

„Nicht so vorschnell. Um was wetten wir?"

„Ein Abendessen? Der Verlierer kocht."

„Einverstanden. Ich gewinne in jedem Fall."

„Und was unterscheidet uns nun?", fragt Eva erwartungsvoll.

„Ich mache jetzt die Augen zu und binde mir eine Serviette um den Kopf, damit ich auch wirklich nichts sehen kann."

„Und dann? Was soll das bringen?", fragt Lotte.

„Dann, ja dann gibt mir jede von euch einen Kuss und ich sage euch, wer welche ist."

Erstaunt schauen sich die Schwestern an. Doch sie haben schon zu viel getrunken, als dass sie diesen Vorschlag ablehnen könnten. Nick bekommt von beiden ein mehr oder weniger bestimmtes Nicken und bindet sich die Serviette über die Augen. Lotte beginnt: Sie trinkt sich noch kurz mit einem Schnaps neuen Mut an und nähert sich dann vorsichtig Nicks Mund. Sie drückt ihre Lippen nur ganz leicht gegen seine. Wie elektrisiert zieht sie ihr Gesicht sofort wieder zurück. Dann ist Eva an der Reihe. Sie braucht keinen Mut-Schluck. Ihr Kuss ist forscher und dann passiert etwas Unerwartetes: Die Funken beginnen zu sprühen, Leidenschaft erfasst sie und beide wollen gar nicht mehr aufhören. Eva fasst Nick ins Haar und entfernt die Augenbinde. Als Nick die Augen öffnet, schaut sie ihm funkelnd entgegen. Nach einer gefühlten Ewigkeit endet der Kuss. Sprachlos sehen sie sich an, während Lotte sich schon einen Schnaps nachfüllt und leicht lallend fragt: „Naa? Wer bin ich?"

Doch Eva und Nick nehmen sie gar nicht wahr: Wie vom Blitz getroffen stehen sie da und ihnen wird bewusst, dass dies der Anfang von etwas sehr Großen ist.

Herr B

Erschrocken und erstaunt zugleich schaut er sich um.

„Das kann doch nicht wahr sein", denkt er.

Schnell schließt er seine Augen. Als er sie vorsichtig wieder öffnet, ist alles unverändert. Er liegt ganz flach auf einer dünnen Matte in einer Aussparung eines Podests. Alles um ihn herum ist aus Stein. Glatt, kalt und dunkel. Die Decke ist hoch und der Raum recht groß.

„Fast wie in einem Grab!"

Er beginnt sich zu fürchten. Sein Herz schlägt immer schneller, sein Puls rast.

„Was soll ich jetzt tun?"

Plötzlich hört er eine Stimme aus einem Lautsprecher

„Guten Morgen Herr B., wir hoffen, Sie haben die erste Nacht bei uns gut verbracht."

„Wo bin ich?"

„Sie hatten sich bei uns beworben, erinnern Sie sich?"

„Nein, unmöglich. Worauf?"

„Sie wollten unbedingt etwas Sinnvolles tun. Dazu werden Sie jetzt die Gelegenheit erhalten."

„Was soll das? Bin ich in einer Art Gefängnis?"

„Haben Sie etwas Geduld, dann werden Sie schon sehen."

Ihm ist kalt und er beginnt am ganzen Leib zu zittern. Seine Zähne schlagen heftig aufeinander. Das Geräusch hallt eindringlich durch den Raum. Davon bekommt er noch mehr Angst. Schließlich öffnet sich eine Tür und helles Licht durchflutet den Raum. Eine Person in einem weißem Anzug und dazu passender Kopfbedeckung kommt auf ihn zu.

„Bitte stehen Sie auf. Hier haben Sie einen Bademantel, ziehen Sie ihn bitte an. Danach wird es Ihnen gleich bessergehen."

Er tut was man ihm sagt.

„Nun folgen Sie mir bitte", sagt der Mann.

„Wohin bringen Sie mich?"

Er erhält keine Antwort. Seine Beine fühlen sich an wie Blei, als er der Person barfuß hinterhergeht.

„Ist das mein Gang nach Kanossa?", denkt er und setzt schweren Herzens einen Fuß vor den anderen.

Sie gehen einen langen und dunklen Korridor entlang, an dessen Ende sich eine Tür befindet. Diese öffnet sich automatisch und sie betreten ein großes, strahlend helles Zimmer, das komplett in weiße Fliesen gehüllt ist. Er traut seinen Augen kaum, doch der Raum ist gefüllt mit dutzenden Badewannen. Bis auf eine sind alle bereits besetzt. Er sieht zu, wie Männer von weiß gekleideten Personen gewaschen werden. Niemand spricht, nur beruhigende Musik ist leise im Hintergrund zu vernehmen. Dann muss er in die noch freie Wanne steigen. Er zieht den Bademantel aus und setzt sich in angenehm warmes Wasser. Gleich darauf spürt er mehrere Hände, die ihn von oben bis unten einseifen. Wenn die ungewissen Umstände nicht wären, sicher ein tolles Gefühl, wie als kleines Kind früher bei Mutter. Aber so? Er ist nicht in der Lage, sich zu entspannen.

Er wird aufgefordert sich zu erheben und wird anschließend am gesamten Körper penibel rasiert. Die Seltsamkeit dieser Situation ist kaum zu steigern.

„Was hat es damit nur auf sich? Wozu soll das alles gut sein?", denkt er.

Zum Abwaschen muss er sich wieder setzen und ein paar Minuten später die Wanne verlassen. Er wird abgetrocknet und von Kopf bis Fuß eingecremt.

„Ich habe mich in meinem ganzen Leben nicht eingecremt. Wie unnötig und angenehm zugleich das doch ist", kommt ihm in den Sinn.

Aus einem Lautsprecher ertönt wieder eine Stimme:

„Sie wirken recht muskulös für Ihr Alter."

Alle sehen zu ihm herüber. Er wird feuerrot im Gesicht, als ihm dies bewusst wird.

„Wie peinlich", denkt er. „Ich hasse es, nackt zu sein und gehe deshalb auch nie in die Sauna."

Zu seiner Erleichterung darf er den Bademantel wieder anziehen und wird in einen Nebenraum geführt. Dort stehen kleine quadratische Tische aus Marmor in einer Reihe. Wieder sind alle besetzt, bis auf einen. Er setzt sich und bekommt zunächst eine riesige Portion Rührei mit Austern. Dazu wird Multivitaminsaft gereicht. Alles Dinge, die er überhaupt nicht mag. Erneut erklingt eine Stimme aus einem Lautsprecher:

„Herr B., so geht das aber nicht. Sie müssen zügig alles aufessen, damit es weitergehen kann. Wir haben nicht ewig Zeit."

Und wieder schauen alle auf ihn. So beginnt er sich zu beeilen. Gar nicht so einfach bei dem großen Berg. Als er es schließlich doch geschafft hat, muss er aufstehen und wird von der Begleitung hinausgeführt.

„Wohin gehen wir?", fragt er.

„In Raum 3."

„Was heißt das?"

Ein mulmiges Gefühl steigt in ihm hoch, als er wieder keine Antwort bekommt. Ein Traum kann es nicht sein, denn dafür ist alles zu real. Auch wenn er ein großer Fan von Science-Fiction-Filmen ist und die Gestaltung und Architektur der Räume ihn sehr an solche erinnert, kann er sich nicht vorstellen, dass er all dies nur träumt. Was ist es dann? Handelt es sich um eine Art Zeitsprung und er befindet sich in der

Zukunft? Ist der Kalender der Mayas wahr geworden und die Welt untergegangen? Warum ist gerade er hier? Und wo ist seine Frau? Je länger er darüber nachdenkt, desto mehr Fragen kommen ihm in den Sinn. Die Stimme aus dem Lautsprecher unterbricht seine Gedanken:

„Herr B., Sie müssen sich hinlegen, damit die Untersuchung beginnen kann."

Im ganzen Raum verteilt stehen schlichte Behandlungsliegen. Fast alle sind benutzt, Männer liegen oder kauern auf ihnen. Zwischen den Liegen herrscht reges Treiben, Personen in weißen Kitteln huschen von einem Patienten zum nächsten. An den Kopfenden befinden sich verschiedene Apparate, von denen Schläuche und Kabel wegführen. Es piepst und trötet überall. Was soll er hier? Er mag doch gar keine Ärzte, die sogenannten Götter in Weiß. Und was fließt durch die vielen Schläuche? Bestimmt jede Menge Chemikalien. Er verzieht leidend das Gesicht. Nur die Naturheilkunde hat sein vollstes Vertrauen.

„Bin ich etwa krank?", fragt er.

Anstatt eine Antwort zu bekommen, muss er sich auf den Rücken legen. Den Bademantel hat er vorher auszuziehen. Ein Weißkittel sagt zu ihm:

„Sie werden nun in eine Art Wachkoma gebracht, damit Sie keine Schmerzen haben, während wir die benötigten Proben entnehmen."

Kaum war der Satz ausgesprochen, bekommt er schon eine Sauerstoffmaske ins Gesicht gedrückt. Alles geht so schnell, dass er gar nicht genau bemerkt, was passiert. Jeder Zentimeter seines Körpers wird genauestens untersucht. Es werden Blut, Gewebeproben und Knochenmark entnommen. Besonders bei letzterem ist er froh darüber, nichts zu spüren: Die Nadel ist angsteinflößend!

Vor seinen Augen erscheint ein Gesicht.

„Wachen Sie auf, wir benötigen noch etwas, an das wir ohne Ihre Mithilfe nicht herankommen. Aber es ist besonders wichtig."

Er öffnet die Augen und merkt, dass er überall Schmerzen hat. Besonders unangenehm sind ihm die starken Kopfschmerzen.

„Was haben Sie mit mir gemacht! Sie hatten keine Einwilligung von mir."

„Oh doch", antwortet einer der Weißkittel. "Diese liegt unterschrieben bei uns im Tresor. In dem Vertrag steht alles haarklein, was soeben gemacht wurde."

Aus dem Lautsprecher ertönt eine Stimme:

„Herr B., jetzt wird sich zeigen, was Sie drauf haben. Wir alle werden Sie dabei genau beobachten. Erst nach 200 ml werden wir uns zufrieden geben."

„Um was geht es denn?", fragt er irritiert.

Anstatt einer Antwort spürt er eine Hand in seinem Intimbereich. Diese bewegt sich geübt. Er ist aber so durcheinander und verwirrt, dass die sonst übliche körperliche Reaktion ausbleibt.

„Herr B., jetzt geben Sie sich gefälligst etwas Mühe. Wollen Sie es lieber selber machen? Brauchen Sie Bildmaterial um in Fahrt zu kommen?"

Er bemerkt wie ihn alle anstarren und begreift, dass er keine andere Wahl hat, als erfolgreich zu sein. Er stellt sich im Geiste eine anregende Frau vor.

„Herr B., Sie brauchen viel zu lange dafür. Jetzt machen Sie endlich."

Trotz aller Umstände schafft er es, sich zu erleichtern.

„Also, geht doch. Das ist aber viel zu wenig. Gleich noch einmal."

Die ausgeströmte Körperflüssigkeit wird in ein Röhrchen abgefüllt und kurz darauf ist wieder eine Hand zur Stelle, die ihn aufs Neue verwöhnt.

„Leere Versprechungen werden bei uns nicht akzeptiert, Sie müssen Ihren Vertrag auch erfüllen. Ich gebe Ihnen einschlägiges Bildmaterial, das hilft sicherlich dabei."

Er blättert das Heft durch, aber eine Wirkung hat es nicht.

„Das ist mir viel zu anstrengend", denkt er. „Wieso soll ich das jetzt erzwingen?"

Plötzlich wird er auf die Seite gedreht und spürt einen Finger in seiner Körperöffnung.

„Wow", denkt er und beginnt sich wohlzufühlen.

„Jetzt aber flott. Es warten noch mehr auf uns."

Er atmet immer heftiger bis eine erlösende Stimme sagt:

„Wir gratulieren Ihnen Herr B., die Menge ist jetzt ausreichend. Sie können aufstehen und in den ersten Raum zurückkehren, um sich etwas auszuruhen. Wenn wir alle Ergebnisse zusammengestellt haben, kommen wir Sie holen. Nur bei guten Befunden kommen Sie in den Raum 4. Ist das Ergebnis schlecht, werden Sie aussortiert."

„Was meinen Sie damit?"

„Sie werden dann nicht mehr gebraucht und zu einer Spezialstation gebracht. Dort werden Ihnen dann … Ach, das erfahren Sie, wenn es soweit ist."

Ihm beginnen die Knie zu schlottern, als er von seiner Begleitperson zum Schlafraum gebracht wird. Wie sollte das enden? Was hatte man mit ihm vor? In eine so ausweglose Situation war er noch nie geraten. Wie soll er jetzt schlafen können bei so vielen Gedanken und unguten Gefühlen? Er muss sich auf die unbequeme Matte in der Mulde legen und versucht sich selbst zu beruhigen. Wenig später schläft er dann doch ein. Die ungewohnte Anstrengung war sehr ermüdend.

Eine Stimme aus einem Lautsprecher lässt ihn hochschrecken. Sofort ist die Erinnerung der letzten Stunden wieder präsent.

„Herr B., wir haben die Proben ausgewertet. Bitte begeben Sie sich zum Raum 4 am Ende des Gangs. Vor dem Raum steht auf einem Tisch ein Glas Wasser. Mit diesem nehmen Sie die fünf Tabletten, die daneben liegen. Dann erst gehen Sie hinein. Diese werden Ihnen helfen."

„Es bleibt mir wohl nichts Anderes übrig", denkt er und tut was man ihm sagt.

Seine Hand zittert, als er die Türklinke herunterdrückt, um die Tür zu öffnen. Er betritt den Raum mit gesenktem Blick. Unsicher schaut er sich dann doch um. Genau in der Mitte steht ein großes Bett mit knallroten Bezügen. Mehr ist nicht zu sehen.

„Herr B., ziehen Sie sich aus und setzen sich auf das Bett. Die Ergebnisse bescheinigten, dass soweit alles Bestens ist und Sie jetzt Ihrer eigentlichen Aufgabe nachkommen können. Sie haben Glück gehabt, Sie werden nicht kastriert."

Er fährt heftig zusammen, als er den letzten Satzteil vernimmt. Was für eine Horrorvorstellung! Aber was kommt jetzt noch? In dem Moment als er das denkt öffnet sich die Tür. Eine Frau in Schwarz kommt herein. Aus einem Lautsprecher ertönt:

„Herr B., jetzt liegt es nur an Ihnen. Zeigen Sie Ihre Verführungskünste. Diese Frau hatte noch nie einen

Partner. Sie weiß nicht, was sie tun soll. Und vergessen Sie nicht, Sie sind dabei unter ständiger Beobachtung. Wir wollen den derzeit Unbedarften und besonders auch der Nachwelt zeigen, wie Fortpflanzung funktioniert. Der Akt wird so deutlich wie nur möglich mit einer Spezialkamera aufgenommen. Los geht´s. Enttäuschen Sie uns nicht!"

Die Tür öffnet sich erneut und eine Frau ganz in Hellblau gekleidet kommt herein und setzt sich ebenfalls zu ihm auf das Bett. Er hatte noch nicht angefangen, denn er weiß nicht so recht, wie er es anstellen soll. Da geht die Türe abermals auf und eine Frau in rosafarbenen Kleidern kommt herein. Alle drei haben blonde lange Haare und wohlgeformte Figuren. Der Traum eines jeden Mannes. Drei wunderschöne Frauen auf einmal. Er beginnt vor lauter Aufregung zu schwitzen. Der Schweiß strömt regelrecht über sein Gesicht und seinen Körper.

„Ich gehe jetzt ins Bett, der Film ist schon lange aus. Ist dir nicht gut? Du bist ja total nassgeschwitzt", dringt eine Frauenstimme in sein Ohr. "Mr. Spock vom Raumschiff Enterprise ist wahrscheinlich noch in 20 Jahren aktuell. Eigentlich wollte ich dir auch noch von meinem Arztbesuch berichten, aber du bist eingeschlafen. Du kannst dich freuen, er hatte Recht mit seiner Vermutung. Wir bekommen Drillinge!"

Das Seminar

G uten Morgen! Ich bin Ibrahim Ford, ihr Kursleiter für dieses Wochenendseminar. Ich freue mich, über Ihr zahlreiches Interesse an dem Thema:

Was muss ich tun, um die Führungsposition zu bekommen, die mir zusteht.

In 10 Minuten beginnen wir. Vor Ihnen auf dem Tisch sehen Sie Papier und einen Kugelschreiber. Ich darf Sie bitten, sich in der Zwischenzeit Gedanken darüber zu machen, warum Sie heute hier sind. Jeder darf sich nachher kurz vorstellen und seine Motivation erläutern."

Mir rutschte das Herz in die Hose. Ich hasse nichts mehr, als vor vielen Leuten sprechen zu müssen. Schon allein der Gedanke, etwas über mich preisgeben zu müssen, treibt mir die Schweißperlen auf die Stirn.

Warum war ich überhaupt hier? Die Anzeige in der Zeitung. Diese fettgedruckte Headline? Am Ende der Karriereleiter angekommen? Die hatten aber alle gelesen. Meine Unzufriedenheit über meine Chefs?

Mein Puls raste und ich fühlte mich total unwohl. Wie immer hatte ich in solchen Situationen keine zündenden Ideen. Ich hatte nur aus dem Bauch heraus entschieden, den Kurs zu besuchen. Aber das konnte ich doch unmöglich vor allen zugeben. Meine

Nervosität stieg mit dem Andauern meiner Einfalls-losigkeit.

Vielleicht sollte ich abwarten, was die anderen sagen. Aber was mache ich, wenn ich zuerst dran bin? Manchmal wünsche ich mir, ich wäre ein Schwätzer und Schaumschläger, wie so viele in der Firma, in der ich arbeite. Dann hätte ich in solchen Situationen keine Probleme.

„Wir beginnen jetzt mit der Vorstellungsrunde. Der Einfachheit halber beginnen wir vorn rechts. Derjenige, der an der Reihe ist, steht hierzu bitte kurz auf."

Meint er mich? Bitte lass mich das nicht herbeige-redet haben. Zweifelnd und flehend schaute ich den Dozenten an.

„Ja, Sie im blauen Hemd. Sie werden den Anfang machen."

Oh Gott, er meint tatsächlich mich. Mir schlotter-ten die Knie, als ich aufstand. Hoffentlich sieht nie-mand, wie ich zittere!

„Mein Name ist ..."

„Lauter bitte, sonst kann Sie keiner verstehen", unterbrach mich der Kursleiter.

Also versuchte ich es erneut.

„Mein Name ist Walter Hoffman. Ich bin verheira-tet, habe zwei Kinder und eine Katze mit dem Namen Ted."

Ich begann zu lachen, denn das mit der Katze war blöd, aber nun war es gesagt. Doch als ich sah, dass die anderen Kursteilnehmer ebenfalls lachten, fand ich den Mut, weiterzusprechen.

„Mein Chef ist eine Doppelnull. Trotzdem sitzt er auf dem Chefsessel, nicht ich. Das soll sich ändern."

„Ein gutes Argument. Das werden wir heute sicher noch öfter hören. Sie waren der Vorreiter, auch mit der Lacheinlage. An die Katze Ted werden sich alle auch im Verlauf des Tages noch erinnern, an Ihren Namen wohl eher weniger. Wer von Ihnen kennt den Grund dafür?"

Er schaute in die Runde, aber niemand meldete sich.

„Es kann doch nicht sein, dass keiner von Ihnen das weiß!", und noch einmal schweifte sein Blick über die Köpfe. Doch alle blieben stumm.

„Na gut, dann verrate ich es Ihnen. Lachen hat etwas Positives und Sympathisches. Unbewusst reagierten sie alle auf das Lachen. Es hat die angespannte Stimmung gelockert, und bleibt daher besser im Gedächtnis. Verehrte Kursteilnehmer, das war Leitsatz Nummer 1: *Vergessen Sie das Lachen nicht.* Das gilt übrigens für alles, was Sie tun."

Mit diesem Satz entließ er mich zurück auf meinen Platz und ich war erleichtert darüber, dass ich die erste Hürde gemeistert hatte. Die anderen Teilnehmer stellten sich nun der Reihe nach vor. Unter ihnen war nur eine einzige Frau. Die Motivationen für den Besuch des Seminars variierten kaum: Fachliches Können führt nicht zwangsläufig zum höheren Posten.

„So, nachdem wir uns alle vorgestellt haben: Ist Ihnen aufgefallen, was die Hauptgründe für die Teilnahme sind?"

Wieder Schweigen. Er versuchte gar nicht, jemanden zum Reden zu bringen.

„Ich probiere es einmal zu verallgemeinern: Sie alle sind von "Flaschen" umgeben und beherrschen nicht die Kunst des Hochschleimens oder -kriechens. Keiner von Ihnen hat das nötige Vitamin B, welches seine Karriere fördern könnte. Sie werden hier im Seminar lernen, wie Sie am Stuhl Ihres Vorgesetzten sägen, und danach verhindern können, dass es Ihnen ebenso ergeht. Machen wir weiter mit Leitsatz Nummer 2: *Der erste Eindruck zählt.*"

Nach kurzer Pause fuhr er fort:

„Wir sortieren Menschen gleich nach dem ersten Kontakt in die Kategorien Freund oder Feind. Je mehr Merkmale unser Gegenüber hat, die mit unseren eigenen übereinstimmen, desto sympathischer ist uns diese Person. Wesentlich sind zum Beispiel Hautfarbe, Sprache oder Hobbys. Schon wenn wir die gleiche Kleidung tragen, vermittelt uns dies eine gewisse Zugehörigkeit zu einer bestimmten Gruppe. Haben Sie schon einmal darüber nachgedacht, warum in den Chefetagen alle in blauen, dunkelgrauen oder schwarzen Anzügen herumlaufen? Unbewusst wird dadurch eine Art Vertrauensvorschuss erzeugt, der oft aber nicht das hält, was er verspricht. Um nach oben zu kommen, müssen Sie aber zum Einzelkämpfer werden. In der Gruppe kommen Sie nicht voran. Das heißt jetzt aber nicht, dass Sie nächsten Montag einen roten Anzug anziehen. Äußerlich müssen Sie immer den Schein waren. Wir beginnen mit der ersten Gruppenarbeit. Jede Reihe ist eine Team. Vorn stehen Pinnwände und jeweils daneben finden Sie Karten, Stifte und Nadeln zum Anpinnen. Das Thema lautet: *Wie verdränge ich Konkurrenten?"*

Ich hasse Gruppenarbeit, weil es da immer Leute gibt, die alles besser wissen. Und dann muss ja auch immer einer die Ergebnisse präsentieren. Eine Horrorvorstellung für mich.

Da ich aber nun einmal hier war und nichts an der Aufgabe ändern konnte, versuchte ich, mit den anderen in meiner Gruppe Argumente zu finden. Glücklicherweise fand sich gleich zu Beginn ein williger Vorträger, weshalb ich zumindest in dieser Hinsicht aus dem Schneider war.

„Alle Gruppen haben gute Arbeit geleistet. Ich möchte noch einmal kurz zusammenfassen: Machtkämpfe finden verdeckt statt. Jede Gelegenheit, die sich bietet, um sich durchzusetzen, muss genutzt werden. Keine falsche Scham an den Tag legen, sonst hat man keine Chance. Nur wer siegt, wird als aktiv und innovativ wahrgenommen. Und vor allem: Denken Sie in jeder Situation positiv. Wenn Sie dies alles in Zukunft beherzigen, sind Sie schon einen großen Schritt weiter. Aber nun machen wir Mittagspause und sehen uns in einer Stunde wieder. Wenn Sie wollen, können Sie sich mir gern anschließen."

Fast alle Teilnehmer fanden sich im hauseigenen Hotelrestaurant ein. Smalltalk war angesagt. Auch so etwas, was mir nicht liegt, während andere es erstaunlich gut beherrschten. Nach dem Essen trafen sich alle wieder im Vortragsraum.

„Ich hoffe, Sie hatten eine angenehme Pause. Vielleicht haben Sie sich schon etwas näher kennenlernen können. Kommen wir jetzt zum Thema *Manipulation*. Sie kennen sicher alle die Bedeutung: Etwas beeinflussen, um es in eine bestimmte Richtung zu lenken. Oder anders gesagt, etwas zielgerichtet verändern. Man will andere für sich gewinnen und nimmt Einfluss auf eine Person, die auf bestimmte Weise ausgenutzt wird. Manchmal bemerkt es die Person, oft aber auch nicht. Es ist gar nicht einfach eine Fremdsteuerung zu erkennen und diese abzulehnen bzw. dieser zu entkommen. Schließen Sie bitte alle die Augen. Unter keinen Umständen dürfen Sie jetzt an Ihren Chef denken ..."

Nach einer kurzen Pause fuhr der Kursleiter fort.

„Sie können die Augen wieder öffnen. Was ist passiert? Woran haben Sie gedacht? Genau, an Ihren Chef! Das nennt sich umgekehrte Psychologie. Wir machen jetzt eine weitere Gruppenarbeit. Die bisherigen Teams können bestehen bleiben. Bitte erarbeiten Sie, wie Sie andere für Ihre Zwecke manipulieren können. Sie haben den ganzen Nachmittag dafür Zeit. Schreiben Sie alle Punkte auf, die Ihnen in den Sinn kommen. Ich werde das Ganze auswerten und Ihnen morgen eine entsprechende Liste austeilen, über die wir bei Bedarf sprechen können. Ich gehe aber davon aus, dass diese auch ohne Erklärung für Sie hilfreich sein wird."

Der Nachmittag verging wie im Flug. Es war interessant, die verschiedenen Möglichkeiten zu analysierten. Allerdings hege ich Zweifel, ob diese Vorgehensweisen in der Praxis so einfach anzuwenden sind. Gedankenverloren machte ich mich auf dem Weg in mein Hotelzimmer. Mein Magen knurrte und so legte sich der Fokus meiner Gedanken auf das bevorstehende Abendessen. Eigentlich hatte ich keine Lust auf weitere gemeinsame Freizeit mit den übrigen Seminarteilnehmern... Aber wenn alle dort aufschlugen und nur ich nicht da wäre... Ergebe das nicht ein komisches Bild? Ich musste dort hin.

Allerdings kam es ganz anders als gedacht. Beim Betreten des Speisesaals stellte ich fest, dass ich einer der wenigen war, die ihr Abendessen hier einnahmen. Wahrscheinlich nutzten die anderen die Möglichkeit und machten die Stadt unsicher. Leicht angesäuert setzte ich mich zu den anderen und bestellte erst einmal ein großes Bier. Das hatte ich nun davon. Wäre ich nur ausgegangen.

Es dauerte eine ganze Weile, bis ein Gespräch in Gang kam. Als ich Herrn Ford die Frage stellte, wie lange er diese Art Seminare schon halten würde, erzählte er ausführlich aus seinem bewegten Lebenslauf. Aber ich glaube nicht, dass das am Tisch jemanden wirklich interessiert hat. Danach stellte er mir eine Frage, die ich nicht erwartet hatte:

„Sie haben erzählt, Ihr Chef sei eine Doppelnull. Das ist ein ganz schön harter Ausdruck. Eine Null ist schon negativ, aber gleich doppelt?"

„Ja, wissen Sie, es gab vor einem Jahr einen Wechsel, weil mein damaliger Chef zu einem größeren Projekt abberufen wurde. Der hatte mich, bevor er ging, als seinen Nachfolger vorgeschlagen. Aber der Chef über ihm wollte die Stelle einem guten Freund geben. Und da er ranghöher war, hat er das bei der Personalabteilung durchgesetzt. Es war schon nach kurzer Zeit klar, dass ihm arbeiten nicht gerade mit in die Wiege gelegt worden war. Oder anders ausgedrückt, er ist eine faule Socke. Ich muss alles für ihn vorbereiten. Er nimmt meine Ideen mit in seine Sitzungen und verkauft diese als seine eigenen. So steht er immer gut da, aber auf Kosten von meiner Leistung."

„Das klingt tatsächlich nicht nach einer guten Führungskraft. In einer Abteilung zählt das Ergebnis des Teams und der Chef muss nicht alles selbst gemacht haben. Das ist sogar kontraproduktiv, denn dann sind die Mitarbeiter immer weniger bereit, gute Ideen zu haben. Das schadet letztendlich der Firma im Lauf der Zeit sehr stark. Ich gebe Ihnen den guten Rat – machen Sie von sich reden. Versuchen Sie unbedingt, dem nächsthöheren Chef Ihre Leistungen publik zu machen. Machen Sie es clever, ohne dass Ihr direkter Chef etwas davon bemerkt. Wenn Sie noch kein Netzwerk innerhalb der Firma haben, dann bauen Sie eines auf. Tun Sie etwas für Ihre Beziehungen. Reden Sie auch mal über belanglose Themen mit Ihren Kollegen und Vorgesetzten. Schon nach sehr kurzer Zeit wird man Sie beachten."

Eifrig bedankte ich mich für den Hinweis. Die andern am Tisch hatten ebenfalls aufmerksam zugehört und so entbrannte eine heiße Diskussion über das Thema. Doch auch der kurzweiligste Abend ist irgendwann mal vorbei und so trennten sich die Wege. Ich war richtig froh, doch hingegangen zu sein.

Am nächsten Morgen nach dem Frühstück trafen sich alle wieder im Saal.

„Guten Morgen meine Dame und die Herren! Wir werden heute zügig die noch ausstehenden Themen durchgehen, damit alle so früh wie möglich nach Hause kommen."

Ein Raunen der Erleichterung und freudiger Zustimmung ging durch die Reihen.

„Ich kann es kaum glauben. Habe ich tatsächlich etwas von Ihnen gehört? Sie können sich jederzeit auch einzeln melden, wenn Sie Fragen oder Kommentare zu den Themen haben. Ich bin nicht unbedingt begeistert darüber, Monologe zu halten. Gestern haben Sie Leitsatz Nummer 3 kennengelernt: *Steuern Sie dagegen, wenn Sie manipuliert werden.*"

Er ließ die Worte wirken, damit sich die Teilnehmer den gestrigen Tag nochmals in Erinnerung rufen konnten.

„Heute kommen wir zum Thema *Macht*. Analysiert man die Grundlagen der Macht, so zeigt sich, dass die Machtgewinnung fast immer überfachliche Kompetenzen voraussetzt. Gemeint sind vereinfacht gesagt Fähigkeiten, zielgerichtet und gut mit anderen Menschen umzugehen. Menschenkenntnis, soziale Kompetenz und auch Überzeugungskraft gehören dazu."

Er legte eine kurze Pause ein, um die Tragweite seiner Worte zu verdeutlichen.

„Es gibt Personen, denen ist ein Statussymbol wichtig. Also zum Beispiel ein großes Auto. Wird ihnen das genommen oder nur noch ein kleineres Auto zur Verfügung gestellt, dann ist das für diese gleichbedeutend mit Machtverlust. Das gleiche gilt für eine Position in einer bestimmten Ebene. Nach dem Motto: *Ich bin hier Hauptabteilungsleiter.* Dann habe ich auch etwas zu sagen und eine gewisse Macht über andere. Genau diesen Mechanismus machen sich manche Firmen zu nutze. Denn solche Leute arbeiten mehr als hundert Prozent, um sich dies alles zu erhalten. Nur: Die wirkliche Macht haben andere über sie."

Er machte erneut eine Gedankenpause und fuhr dann fort.

„Wir haben nur eine einzige Frau in unserer Runde. Haben Sie unter der Macht anderer zu leiden?"

Ich war mehr als erleichtert, dass ich nicht erneut angesprochen wurde, obwohl die Dame mir etwas leid tat. Vor so vielen Personen herausgepickt und somit in Zugzwang gesetzt zu werden, das ist nicht angenehm. Dafür überraschte sie alle mit ihrer Antwort.

„Ja, Männer versuchen sehr oft mich zu dominieren. Das liegt vermutlich in den Genen. Leider fehlt Führungskräften oft das Bewusstsein, dass diese Macht, die sie auf Grund ihrer Stellung haben, nur geliehen ist. Sie stehen im Dienste ihres Unternehmens und sollten verantwortungsvoll sowie mit Respekt und Wertschätzung ihren Mitarbeitern begegnen."

„Das haben Sie gut gesagt. Hat noch jemand eine Meinung dazu?"

Natürlich meldete sich niemand.

„Nicht so stürmisch, meine Herrschaften, jeder kommt zu Wort."

Auch die provokante Aussage brachte niemanden dazu, etwas zu dem Thema beizutragen.

„Dann bleibt mir nichts Anderes übrig. Ich wähle jemanden aus. Am besten nehme ich einen von denen, die jetzt ganz unschuldig wegschauen. Wenn ich so über die Runde blicke, ist das so gut wie jeder von ihnen. Was ist denn los? Woran liegt es? Ich reiße niemandem den Kopf ab. Es kann doch nicht sein, dass hier niemand in der Lage ist, eine eigene Meinung zu äußern?"

Nachdem auch dann keiner bereit war, etwas zu sagen, wählte er, wie sollte es anders sein, mich aus.

„Der Herr von gestern mit seiner Katze. Was meinen Sie?"

Mein Kopf lief hochrot an. Klasse, jetzt hat es mich doch erwischt. Auf die Schnelle fällt mir doch nichts Schlaues ein. Unsicher begann ich:

„Mein Chef entscheidet viele Dinge aus der Hüfte heraus, im Alleingang per Dekret, und merkt nicht, dass die Mitarbeiter immer weniger hinter ihm stehen. Viele haben innerlich gekündigt und machen nur noch Dienst nach Vorschrift."

Ich blickte zum Kursleiter, welcher zufrieden nickte.

„Das war ein gutes Beispiel, wie es nicht sein soll. Ihr Vorgesetzter hat vergessen, dass er nur so gut ist wie sein Team. Es herrscht eine gewisse Abhängigkeit zwischen beiden Parteien."

Dann machte er eine kurze Pause und schaute in die Runde.

„Will nicht doch noch jemand zu Wort kommen? So eine Gelegenheit gibt es so schnell nicht wieder."

Er holte erst tief Luft und zuckte dann mit den Schultern. Es blieb ihm nichts anderes übrig, als zu akzeptieren, dass sich keiner zu Wort melden wird.

„Nun gut. Jetzt kommen wir noch zu dem Motto: *Tue Gutes und rede darüber*. Wenn Sie auf der Karriereleiter nach oben wollen, müssen Sie erkennen, dass das kein einfacher Weg ist. Sie müssen es schaffen, Eigenwerbung zu betreiben. Wie erreichen Sie das?"

Er legte wieder eine kurze Pause ein und hoffte insgeheim auf eine Handmeldung. Doch das war vergeblich. Wieder blieben alle stumm.

„Dann sage ich es Ihnen: Wenn Sie Aufgaben erfolgreich erledigt haben, dann erzählen Sie es weiter. Berichten Sie vor allem Ihrem Vorgesetzten davon. Profilieren Sie sich, machen Sie auf sich aufmerksam. Auch wenn Ihnen das am Anfang etwas schwer fallen wird. Heute ist nicht mehr die fleißige Biene im stillen Kämmerlein gefragt. Ihr Chef registriert Ihre Leistung einfach besser, wenn Sie ihn darauf hinweisen. Warten Sie unter keinen Umständen darauf, dass Ihre Leistung von selbst Anerkennung findet. Sie wird es ganz sicher nicht. Erwähnen Sie Ihre Arbeit, bringen Sie sich ins Gespräch. Damit Sie und nicht Ihr Kollege die nächste Sprosse der Karriereleiter erklimmen. Das war Leitsatz Nummer 4: *Machen Sie auf sich aufmerksam*."

Die Frage nach einer Kaffeepause wurde abgelehnt, einige antworteten, dass sie lieber durcharbeiten und dafür bald Schluss machen wollten. So nahm der Vortrag seinen Lauf.

„Kennt jemand von Ihnen die Anker-Methode, die bevorzugt von Verkäufern angewendet wird?"

Stille.

„Nachdem sich keiner meldet, wohl nicht. Ich gebe Ihnen ein Beispiel:

Sie wollen ein Auto kaufen und der Verkäufer nennt Ihnen den Preis für die Grundausstattung, beispielsweise 30.000 €, und nennt Ihnen dafür den möglichen Rabatt von 10 %. Zusätze, wie zum Beispiel ein Navigationsgerät für 1.000 € oder eine Automatikschaltung für 2.000 € fallen für Sie gar nicht mehr ins Gewicht, weil es verhältnismäßig günstig erscheint. Am Schluss hat der Verkäufer sein Ziel erreicht und die vermeintlichen 10 % Rabatt ins Positive für sich und die Firma umgewandelt.

So, aber was hat das jetzt mit Ihren Wünschen zu tun? Wenn Sie jetzt besonders gut zuhören, dann haben Sie Ihr Ziel schon so gut wie erreicht. Gehen Sie morgen zu Ihrem Chef und sagen ihm, dass Sie auf Grund Ihrer Leistungen in den letzten Jahren 20 % mehr Gehalt wollen und dafür gerne eine Führungsaufgabe übernehmen würden. Glauben Sie mir, er kann nicht ablehnen, weil er Sie braucht. Er wird Sie auf 10 % herunterhandeln und Sie zunächst sicher vertrösten, es sei keine Stelle frei. Aber er muss Sie bei der nächsten Gelegenheit dafür in Erwägung ziehen, weil er für die Erhöhung bei der Personalabteilung gute Gründe braucht. Trauen Sie sich! Der Erfolg wird auf Ihrer Seite sein. Ich wünsche Ihnen für die Zukunft mehr Mut und positives Denken. In diesem Sinne hoffe ich, dass Ihnen das Seminar etwas gebracht hat. Ich wünsche allen einen guten Heimweg. Auf Wiedersehen!"

Alle klopften zum Beifall auf die Tische und eilten zu ihren Autos, um schnell nach Hause zu kommen.

Am darauffolgenden Montag nahm ich mir vor, möglichst alles Gehörte und Gelernte in die Tat umzusetzen. Als ich in den Aufzug stieg, der mich in die Etage bringen sollte, in der sich mein Büro befindet, traf ich auf einen der Direktoren.

„Guten Morgen, Herr Müller! Es ist ein schöner Tag heute, nicht wahr?" sagte ich und lächelte ihn an.

„Ihnen auch einen guten Morgen. Wie geht es denn Ihrer Katze Ted?"

Ich stutzte, denn ich war irritiert über die Frage nach meiner Katze. Ich hatte noch nie zuvor mit dem Herrn direkt gesprochen. Trotzdem antwortete ich ohne Zögern:

„Gut. Sie ist fit und munter."

„Bitte kommen Sie um 14 Uhr zu mir ins Büro. Ich möchte mit Ihnen über eine Bereichsleiterposition reden, die demnächst vakant wird."

Die Fahrstuhltür öffnete sich und er verschwand den Flur entlang, ohne noch ein weiteres Wort zu sagen.

Wie versteinert stand ich im Fahrstuhl. Als Bereichsleiter würde ich gleich zwei Treppen hochfallen und plötzlich über meinem Chef stehen. Da war sie, meine große Chance!

Das Geheimnis

Die Tür geht auf.

„Schon wieder eine der Krankenschwestern", denkt Frau Müller und lässt die Augen geschlossen.

„Hallo", sagt eine leise Stimme. „Darf ich Sie kurz stören?"

Sie macht die Augen auf und sieht ein junges Mädchen vor ihrem Bett stehen.

„Wer sind Sie?", fragt Frau Müller erstaunt.

„Sie können du zu mir sagen, ich bin noch keine Siebzehn und heiße Kati. Eine Schwester hat mir gesagt, dass Sie schon fast einen Monat hier sind und noch keinen Besuch hatten. Ich habe hier Blumen für Sie."

„Für mich? Wir kennen uns doch gar nicht."

„Ja, also eigentlich waren die für meine Ballettlehrerin gedacht, die ich besuchen wollte. Aber diese wurde heute früh schon entlassen und wird dann sicher heute Abend bei der Generalprobe dabei sein..."

„Warum gibst du ihr sie dann nicht später? Ich brauche keine Blumen. Obwohl die orangefarbenen Gerbera wirklich toll aussehen."

„Unsere Gruppe wird ihr dann morgen nach der Aufführung einen anderen Strauß überreichen. Ich dachte, Sie freuen sich darüber."

„In gewisser Weise schon, aber weißt du, ich bin so schwach und habe keine Kraft mehr. Wozu brauche ich dann Blumen. Mir wäre es lieber, wenn die Ärzte endlich die Ursache für mein Herzstechen und die Schwindelanfälle finden würden. Ich möchte endlich nach Hause gehen können. Womöglich behalten sie mich nur noch hier, weil ich Privatpatientin bin. Heute früh bei der Visite habe ich einen Arzt sagen hören, dass er glaubt, ich würde simulieren. So ein Blödsinn. Ich bilde mir das doch nicht alles ein. Doch genug davon. Was ist das für eine Aufführung?"

„Wir tanzen Schwanensee und ich habe meinen ersten Einzelpart."

„Wird dazu heute noch getanzt?"

„Ja, warum nicht. Ist doch ein klassisches Stück. Ich tanze das sehr gern. Verraten Sie mir, warum Sie niemand besucht?"

„Eigentlich geht dich das nichts an, aber ich habe meiner Familie nicht gesagt, dass ich hier liege. Niemand soll sich um mich Sorgen machen. Alle haben mit ihrem eigenen Leben genügend Probleme. Mein ältester Sohn Lothar lebt in den USA und meine beiden anderen Söhne, Joachim und Thomas, haben zusammen eine eigene Firma. Sie sind ständig unterwegs um Kunden zu besuchen und zu betreuen. Alle haben eine große Familie. Ich bin zehnfache Oma."

„Ich will auch mal viele Kinder haben. Aber ich könnte mir vorstellen, dass diese an dem Leben der

Mutter teilhaben wollen, auch wenn es mal nicht so gut läuft. Wo ist denn Ihr Mann?"

„Der ist vor ungefähr fünfzehn Jahren sehr überraschend an einer Lungenembolie gestorben. Er war bei einem Freund zum Skat spielen. Der gerufene Notarzt konnte ihm nicht mehr helfen. Ich hatte mit dem Abendessen auf ihn gewartet. Es war unser 44-zigster Hochzeitstag."

„Wie traurig, das tut mir aber leid für Sie."

„Heute ist es kein Problem mehr für mich, daran zu denken. Die Zeit heilt tatsächlich alle Wunden. Mit ihm hatte ich eigentlich fast alles, was ich mir so erträumt hatte. Nur zum Verreisen sind wir nicht gekommen, da Lothar gleich nach unserer Hochzeit zur Welt kam und dann mit jeweils zwei Jahren Abstand die anderen Jungs. Wie die Orgelpfeifen, sagte mein Mann immer. Lothar der Große und Tommy der Kleinste. Eigentlich hätte ich gerne studiert. Kinderärztin war mein Traum gewesen. Aber damals war das noch nicht so üblich. Meine Ausbildung zur Physiotherapeutin habe ich gerade noch abschließen können, aber den Job danach nicht weiter ausgeübt. Im Nachhinein sicherlich kein Fehler, denn es war ein Knochenjob und man hat nicht viel verdient. Andererseits hatte ich aber große Freude daran, anderen Menschen helfen zu können."

„Ich möchte in jedem Fall studieren, bin aber nicht so gut in der Schule, weil ich nicht viel lerne."

„Dann wird es Zeit. Von nichts kommt nichts! Das weißt du sicher auch."

„Ja, schon. Aber dann müsste ich das Tanzen aufgeben. Im Moment kann ich mir das nicht vorstellen."

„Das kann ich gut verstehen, aber manchmal erkennt man zu spät, was besser gewesen wäre. Ich wünschte mir, früher mehr Mut gehabt zu haben. Heute bin ich eine alte Frau, die morgen 80 Jahre wird. Und was habe ich erreicht? Ich war immer nur für Andere da und an mich selbst habe ich nicht gedacht. Der größte Fehler meines Lebens war .... Ach, was erzähle ich dir da. Du musst jetzt sicherlich gehen."

„Nein, ich habe noch Zeit. Und außerdem interessiert mich, was Sie mir erzählen wollten."

„Ehrlich gesagt, habe ich das noch nie jemandem erzählt. Warum also ausgerechnet dir?"

„Wenn nicht jetzt, wann dann? Ich werde es auch niemandem weitererzählen."

„Na gut. Ich habe versäumt, nach meinen Gefühlen zu handeln. Ob ich dann glücklicher gewesen wäre kann ich nicht sagen. Aber ich habe ihn nie vergessen."

„Wen?"

„Ich bin mit neunzehn zum letzten Mal zusammen mit meinen Eltern in den Urlaub gefahren. Es war eine Busreise nach Spanien. Genauer gesagt nach Lloret de Mar. Im Hotel habe ich zwei junge Frauen in meinem Alter kennengelernt und gleich am zweiten Abend sind wir in einen Club gegangen. Dort traf ich ihn. Einen jungen Franzosen, der mit Freunden zusammen Urlaub machte. Ich sah Jean-Claude und schmolz allein von seinem Anblick förmlich dahin. Dunkle Haare, einen Dreitagebart und wunderschöne lebendige Augen. Ein Mann, wie ich ihn mir immer erträumt hatte. Zwischen uns hat es sofort gefunkt. Wir tanzten zusammen und er begann mich zu küssen. Heute noch habe ich das Gefühl auf den Lippen. Er verstand es, die Leidenschaft in mir zu entfachen. Es endete damit, dass wir die Nächte zum Tag machten. Wir sind um Mitternacht an den Strand gegangen. Glaube mir, seine Küsse auf meinem Körper zu spüren, lösten wahre Wonnen aus – mein Blut kommt heute noch in Wallung, wenn ich daran denke. Ein feuriger Liebhaber der seinesgleichen sucht. Übrigens konnte er kein Wort Deutsch – ich aber Französisch. Meine Eltern haben damals nichts bemerkt, da ich angeblich immer mit den beiden Frauen fortging. Und tagsüber habe ich am Strand geschlafen. Am letzten Abend haben wir Champagner getrunken, bis wir berauscht davon waren. Es machte den Abschied aber nicht besser. Als wir nach Deutschland zurückfuhren, liefen viele stumme Tränen über meine Wangen. Mein Herz war von einer nie wieder erlebten Traurigkeit erfüllt. Die Hoffnung, ihn irgendwann wiedersehen zu können, war das

Einzige, an was ich mich klammern konnte. Die Adressen hatten wir ausgetauscht. Eine Telefonnummer hatten wir nicht. Damals gab es noch keine Handys, einen Festnetzanschluss hatte auch nicht jeder. Wir haben uns am Anfang wöchentlich geschrieben. Bis er dann, wie ich auch, geheiratet hat. Mit der Zeit wurden die Briefe weniger und bis letztes Jahr bekam ich mindestens einmal im Jahr von ihm Post. Warum er jetzt nicht mehr schreibt, weiß ich nicht. Ich hätte ihn so gerne wiedergesehen, aber die Konventionen ließen es nicht zu. Hätte ich den Mut gehabt, in ein anderes Land zu gehen, dann wäre mein Leben sicher völlig anders verlaufen."

„Das ist aber eine schöne, wenn auch traurige Geschichte. Ich will auch einen Traummann finden und werde diesen für immer festhalten. Das schwöre ich mir hiermit. Danke, dass Sie sich mir anvertraut haben. Leider muss ich jetzt gehen, denn in einer Stunde beginnt die Probe. Ich wünsche Ihnen alles Gute. Auf Wiedersehen!"

„Mach´s gut und viel Erfolg morgen. Vielleicht sehen wir uns einmal wieder."

Kurz darauf kommt eine Schwester ins Zimmer.

„Na, Frau Müller. Wie geht es Ihnen? Sie sehen besser aus."

„Kennen Sie das junge Fräulein das vorhin hier war? Sie tanzt Ballett! Genau wie ich in jungen Jahren."

„Hier war meines Wissens niemand."

„Natürlich, schauen Sie doch: Sie hat mir so einen schönen Blumenstrauß gebracht!"

„Ich sehe keine Blumen", sagt die Schwester verwundert.

Am nächsten Morgen erhält Joachim Müller einen Anruf:

„Hallo, hier spricht Schwester Maria vom Roten Kreuz Krankenhaus. Ich muss Ihnen leider mitteilen, dass Ihre Mutter Katharina heute Nacht friedlich eingeschlafen ist."

Urlaub

Um sie applaudiert es schallend. „Warum machen die Leute das nur immer?", fragt sich Viktoria.

„Ich bekomme auch keinen Beifall, wenn ich meinen Job gut mache. Sicher ist jeder erleichtert, dass es keine Vorkommnisse gab und das Flugzeug sicher auf Gran Canaria gelandet ist... Aber dafür Klatschen?", das findet sie albern.

„Jetzt kommt der Run auf das Handgepäck und jeder will möglichst als Erster aussteigen. Spätestens bei der Gepäckausgabe müssen sowieso alle warten. Ich bleibe noch etwas sitzen, schließlich soll im Urlaub nicht die gleiche Hektik herrschen, die ich in den letzten Wochen hatte", denkt sie und lehnt sich entspannt zurück.

Als Viktoria bei der Gepäckausgabe ankommt, muss sie sich richtig zusammenreißen, um sich auch hier nicht von der Ungeduld der anderen Fluggäste anstecken zu lassen. Jeder will als Erster seinen Koffer, doch das geht nun mal nicht so einfach. Es kommt zu einem unschönen Gedränge und Geschiebe. Wie es der Zufall so will, ist ihr Koffer einer der Ersten und sie kann dem Trubel schnell entkommen. Beim Verlassen des Flughafens hält sie nach Hinweisen zu den Transferbussen Ausschau. Auch hier ist das Glück auf ihrer Seite: Sie findet schnell die richtige

Haltestelle und ist darüber hinaus heute auch der einzige Gast ihrer Reisegesellschaft, weshalb sie von einem Kleinbus ohne lange Wartezeit oder große Umwege direkt zum Hotel gebracht wird.

„Das Hotel sieht wirklich wie auf den Fotos im Katalog aus", stellt Viktoria beim Aussteigen zufrieden fest. „Jetzt muss nur noch das Zimmer schön sauber und komfortabel sein. Wenn es dann auch tatsächlich Meerblick hat, ist alles so, wie ich es mir vorgestellt habe."

Es ist ihre erste Reise seit ihrer Scheidung von vor drei Jahren. Noch nie ist Viktoria alleine verreist. Die Dame an der Rezeption spricht erfreulicherweise deutsch. Nachdem die Formalitäten erledigt sind, erhält sie noch einen Gutschein für den SPA Bereich.

„Ob ich es in der kurzen Zeit überhaupt schaffe ihn einzulösen?", fragt sie sich.

Eigentlich hatte Viktoria nur Strand und Pool geplant. Einfach mal entspannen und alle Fünf gerade sein lassen. Ein Portier bringt sie und ihren Koffer zu ihrem Zimmer im dritten Stock. Sie gibt ihm Trinkgeld, nachdem er ihren Koffer ins Zimmer gestellt hat. Das Zimmer ist groß, modern eingerichtet und hat sogar einen begehbaren Kleiderschrank. Vom Balkon aus hat sie tatsächlich einen wunderbaren Ausblick auf das Meer.

„Perfekt", denkt Viktoria und hört das Rauschen der Wellen. Ein Geräusch, welches sie während ihres ganzen Aufenthaltes begleiten würde. „Wie herrlich, endlich mal wieder Sonne und Meer satt."

Dann packt sie ihre Sachen aus und verstaut sie im großzügigen Schrank. Anschließend geht sie auf Erkundungstour durch das Hotel. Am Pool ist einiges los. Dieser ist nicht allzu groß, aber schön angelegt. Viele Palmen und in der Mitte ein Holzsteg, um auf die gegenüberliegende Seite gelangen zu können. Liegestühle scheint es auch genügend zu geben. Zufrieden setzt sich Viktoria an die Poolbar.

„Something to drink?", wird sie gefragt.

„Bier, bitte."

„Big or small?"

Viktoria kann kein Englisch, aber da der Barkeeper mit der Hand die entsprechenden Bewegungen gemacht hat, bekommt sie das Richtige serviert.

„Half or all-in?"

Das versteht Viktoria auch ohne Sprachkenntnisse. Da sie nur Halbpension gebucht hat, wird ihr eine Rechnung hingelegt, auf der sie die Zimmernummer eintragen und unterschreiben soll. Der erste Schluck zischt so richtig, sie hatte ganz schön Durst. Von ihrem Platz aus hat sie Blick auf das tiefblaue Meer. Die Wellen sind jetzt stärker geworden. Auch der Wind hat etwas zugenommen.

„Hier kann ich es aushalten. Ich werde jede Sekunde genießen", denkt sie.

Nachdem Viktoria das Bier ausgetrunken hat, geht sie auf ihr Zimmer, um sich für das Abendessen fertig zu machen. Als sie vor ihren Kleidern steht, die sie mitgenommen hat, kann sie sich wie immer nicht entscheiden.

„Jetzt habe ich schon so wenig dabei, aber es ist trotzdem noch zu viel Auswahl. Wie werden die andern angezogen sein? Am ersten Abend will ich nicht gleich negativ auffallen", murmelt sie vor sich hin.

In der Katalogbeschreibung stand, dass die Herren beim Abendessen lange Hosen tragen sollen.

„Was bedeutet das jetzt für mich? Ich kann mich ja nur falsch entscheiden."

Viktorias Wahl fällt auf das kleine Schwarze, ganz schlicht, ohne jeden Schnörkel. Dazu die passenden hochhackigen Pumps. Sie legt dezentes Make-up auf, kämmt sich die Haare und macht sich auf den Weg zum Speisesaal im Erdgeschoss. Gleich nach dem Eintreten wird sie von einem Ober begrüßt.

„English?"

„No. German?", antwortet Viktoria unsicher.

Etwas holprig versucht ihr der Ober zu erklären, dass eine freie Tischwahl herrscht. Viktoria nickt dem Ober zu, um zu zeigen, dass sie verstanden hat und geht weiter in den Raum hinein. Auf der linken Seite, an der ganzen Wand entlang, ist ein Buffet aufgebaut. Die Tische auf der rechten Seite sind alle belegt. Verständlich, sie liegen an der bodentiefen Fensterfront und bieten selbst im Dunkeln einen tollen Ausblick.

„Typisch", ist ihr erster Gedanke. „Morgen muss ich früher kommen."

Eine Terrasse gibt es nicht. Viktoria wählt einen Tisch in der zweiten Reihe entlang der Fenster und setzt sich. Sofort steht ein Ober am Tisch und fragt nach dem Getränkewunsch. Zunächst wieder auf Englisch. Als sie Wasser und Rotwein bestellt, versteht er sie überraschenderweise sofort. Nachdem die Getränke gebracht wurden, steht sie auf, um sich das Buffet anzusehen. Die Auswahl ist sehr groß. Sie nimmt sich zunächst einen gemischten Salat. Später wählt sie Gemüse in verschiedenen Variationen und ein kleines Steak, welches vor ihren Augen zubereitet wird. Zum Nachtisch lässt sie sich Wassermelone und Ananas schmecken.

„Herrliche Früchte sind das hier. Mit viel mehr Eigengeschmack als zu Hause", denkt Viktoria.

Danach geht sie sofort auf ihr Zimmer, obwohl in dem Hotel jeden Abend in der Bar verschiedene Attraktionen angeboten werden. Sie hat keine Lust, es sich allein anzusehen. Auf ihrem Balkon trinkt sie das kleine Fläschchen Rotwein, welches für die Gäste als Willkommensgetränk auf dem Tisch stand und geht anschließend ins Bett.

Nach einer etwas unruhigen Nacht in der fremden Umgebung, wird Viktoria nach dem Aufwachen durch den Blick auf das Meer belohnt. Für sie gibt es fast nichts Schöneres, als in die scheinbar unendliche Weite zu sehen. Sie duscht, zieht sich ein braunes Shirt-Kleid an und schlendert zum Frühstück. Es ist recht voll und die dadurch entstehende Hektik gefällt ihr gar nicht.

„Das ist die falsche Uhrzeit. Ich glaube, morgen muss ich später gehen", legt sie in Gedanken ihre Strategie fest. Ganz hinten im Eck bekommt sie einen Tisch.

„Coffee?", wird Viktoria von einer Servicekraft im schwarzen Kleid und einer kleinen weißen Schürze gefragt.

Sie lässt sich den Kaffee einschenken und holt sich erst einmal Orangensaft und ein Gläschen Sekt. Dann nimmt sie sich Müsli und viel Obst, später ein von beiden Seiten angebratenes Spiegelei und ein Brötchen. Als Viktoria fertig ist, geht sie wieder auf ihr Zimmer, um sich für den Pool umzuziehen. Sie wählt einen bunt gemusterten Bikini mit Bandeau-Oberteil. Dann sucht sie ihre Sonnencreme.

„Das kann doch nicht wahr sein", flucht Viktoria vor sich hin. „Habe ich die wirklich Zuhause vergessen? Mein Gott ist das ärgerlich."

Da fällt ihr ein, dass sie in den Hotelbroschüren gelesen hat, dass man Kosmetik im SPA Bereich kaufen könne. Ihr bleibt nichts anderes übrig, denn einen Sonnenbrand will sie nicht riskieren.

„Good morning Lady", spricht sie eine Dame im Eingangsbereich des SPAs an. „Can I do something for your beauty?"

Viktoria gibt ihr zu verstehen, dass sie nur deutsch spricht.

„Un momento", sagt die Frau und holt einen sympathisch wirkenden Mann mit dunklen Haaren dazu, der allem Anschein nach perfekt Deutsch sprechen kann. Dieser empfiehlt ihr eine besondere Sonnencreme mit Kokosduft und passender After Sun Lotion. Als Viktoria beides kauft, fragt er nach ihrem SPA-Gutschein.

„Den will ich nicht einlösen, vielen Dank", lehnt sie ab.

„Aber warum denn nicht? Wir haben ein neues Verfahren bezüglich der Einlösung. Sie müssen sich nicht mit der Entscheidung quälen, sondern ziehen unter 30 Losen eines heraus. Das kann von Wimpern färben bis zu einer Ganzkörpermassage alles sein. Lassen Sie sich einfach überraschen. Egal was Sie ziehen, Sie werden garantiert zufrieden sein."

„Seltsam", denkt Viktoria, sagt aber zu dem Mann: „Also gut, ich ziehe ein Los."

Sofort holt er eine Glasschale unter der Verkaufstheke hervor.

„Augen zu und durch", meint sie zu sich selbst und greift ein Los heraus. Er öffnet es für sie.

„Oh, das ist etwas ganz Besonderes. Sie erhalten eine kostenlose Intimrasur."

Erschrocken schaut Viktoria ihn an.

„Das muss ich nicht einlösen, oder?"

„Aber sicher doch, das Ergebnis wird Ihnen gefallen. Wir haben dafür eine kompetente Kosmetikerin. Vielleicht wollen Sie ja mal in die Sauna gehen, dann ist das doch optimal. Ich schaue mal nach, wann wir einen Termin für Sie frei haben", sagt er und blättert in einem großseitigen Kalender.

„Bleiben Sie am besten gleich da."

„Ich wollte an den Pool gehen."

„Das können Sie auch noch hinterher. Es dauert auch nicht lange. Kommen Sie mit!"

Irgendwie überrumpelt folgt Viktoria dem Herrn in einen Raum mit einer Liege. Sie hatte zwar schon immer mal mit dem Gedanken gespielt, so etwas machen zu lassen und sich nie getraut. Aber jetzt, wo es Realität werden sollte, hat sie erhebliche Zweifel, ob das für sie wirklich das Richtige ist.

„Einen Moment, die Kosmetikerin kommt sofort."

„Was mache ich jetzt nur? Besser ist, ich ergreife die Flucht. Ich kann mich doch nicht an meiner intimsten Stelle von jemand anderem rasieren lassen", denkt sie und dreht sich schnell um, um den Raum zu verlassen. Dabei stößt sie an der Tür fast mit einer gutaussehenden Frau zusammen.

„Hello Lady", wird Viktoria freundlich begrüßt.

Die Flucht ist missglückt. Auch der Mann steht inzwischen wieder im Raum.

„Ich werde für Sie übersetzen."

„Sie bleiben aber nicht die ganze Zeit hier?", fragt Viktoria und versucht, ihr Entsetzen zu überspielen.

„Das macht Ihnen doch sicher nichts aus? Nur so kann ich sicherstellen, dass Sie sich verständigen können. Keine Angst, solche Rasuren gehören auch für mich zum Alltagsgeschäft. Ich habe sowas schon sehr oft gemacht. Wir sind alle überaus diskret."

„Also ... ich ...", stottert Viktoria vor Aufregung und bringt keinen richtigen Satz zustande.

„Bitte ziehen Sie jetzt Ihr Kleid aus. Die Bikinihose können Sie noch anlassen, wir wachsen Ihnen zuerst die Bikinizone. Legen Sie sich auf den Rücken und lassen die Beine rechts und links herunterhängen. Perfekt."

Die Kosmetikerin trägt das warme Wachs auf, drückt einen Stoffstreifen fest und zieht dann beides mit viel Schwung ab. Überraschenderweise ist es gar nicht schmerzhaft. Als alle Haare an der Seite entfernt sind, muss sie die Bikinihose ausziehen. Mit einem unangenehmen Gefühl liegt sie dann mit gespreizten Beinen vor den Augen der beiden.

„Wie hätten Sie es gerne? Alles ganz kurz abrasiert oder eine Herzform?"

„Ich glaube ganz kurz ist am besten."

„Gute Wahl."

Er spricht kurz mit der Spanierin und gleich darauf beginnt die Dame mit einem elektrischen Rasiergerät die langen Haare zu kürzen.

„Bleiben Sie ganz locker, es passiert Ihnen nichts. Es ist alles völlig schmerzfrei."

Die Vibrationen empfindet sie mit der Zeit als angenehm.

„Sehen Sie, alles ist ganz easy."

Sie merkt, wie die Behandlung bei ihr ein Kribbeln verursacht, was ihr gedanklich schwer zu schaffen macht.

„Werden die beiden es bemerken? Was werden sie von mir denken?"

Irgendwie ist es ihr peinlich.

„Schon fertig. Jetzt sind Sie auch an dieser Stelle gut gestylt. Wollen Sie mal kurz sehen?"

Er hält ihr einen Spiegel hin. Ungewohnt ist der Anblick für sie, aber es gefällt ihr.

„Schön. Vielen Dank."

Sie zieht sich an und verlässt den Raum. Die beiden folgen ihr.

„Sehen wir Sie dann heute Nachmittag in der Sauna?"

„Mal sehen", antwortet Viktoria und verlässt den SPA-Bereich.

Am Pool macht sie sich auf die Suche nach einer Liege und findet in einem etwas abgelegenen Abschnitt zwischen zwei Palmen ein schönes ruhiges Plätzchen. Sie legt Ihren Sonnenhut darauf und geht sich ein Liegetuch holen. Der zuständige Mann in der Holzhütte gibt ihr für die Handtuchkarte sogar gleich zwei Stück. Viktoria fragt erst gar nicht warum, sondern geht zu der von ihr reservierten Liege und breitet dort ein Handtuch aus. Das Zweite will sie als eine Art Kopfkissen verwenden. Sie zieht das Kleid aus und cremt sich überall ein. Auch die Fußsohlen spart sie nicht aus, schließlich hatte sie dort früher schon einmal einen schlimmen Sonnenbrand. Dann legt sie sich hin und schließt die Augen.

„Eigentlich kann es mir doch egal sein, was die beiden vorhin über mich gedacht haben. Das Ergebnis ist richtig gut", denkt sie und nickt mit dieser Gewissheit für einige Zeit ein.

„Hello Lady. English?", wird sie unsanft von einem Mann geweckt.

„Deutsch", ist ihre kurze Antwort.

In gebrochenem Deutsch teilt er ihr mit, dass im Pool gleich Wassergymnastik beginnt und sie doch mitmachen soll. Sie schüttelt den Kopf und der Mann geht weiter.

„Dieser blöde Animateur, der hat doch gesehen, dass ich schlafe", denkt sie verärgert.

Viktoria macht die Augen wieder zu. Es gelingt ihr aber nicht, weiterzuschlafen und so beginnt sie in einer Klatschzeitschrift zu lesen, die sie sich noch in Deutschland am Flughafen gekauft hat. Mit der Zeit wird ihr das zu langweilig und sie beschließt, an die Bar zu gehen, um ein kühles Wasser zu trinken. Doch an der Bar ist ihr zu viel los und der Lärmpegel entsprechend hoch. Deshalb nimmt sie das Getränk mit und geht zurück zum Liegestuhl, um es dort gemütlich auszutrinken. Als sie auf die Uhr sieht, fällt ihr die Einladung in die Sauna wieder ein.

„Bei der Hitze auch noch in die Sauna, das ist für den heutigen Tag irgendwie zu viel", wägt sie ab und legt sich lieber wieder hin.

Am späteren Nachmittag geht Viktoria auf ihr Zimmer, um sich für das Abendessen fertig zu machen. Sie öffnet die Balkontüre und sieht im Vorbeigehen einen Briefumschlag mit ihrem Namen auf dem kleinen Rundtisch neben dem Sessel.

„Sicher nur eine Nachricht vom Hotel", überlegt sie. Dann holt sie sich ein Wasser aus der Minibar, nimmt den Brief und setzt sich auf den Balkon.

„Der Blick auf das Meer ist einfach ein Traum."

Sie genießt den Ausblick, nimmt einen Schluck aus der Flasche und öffnet kurze Zeit später den Brief.

*„Gnädige Frau, entschuldigen Sie bitte,
dass ich mir erlaube Ihnen zu schreiben. Ich
habe Sie heute beim Frühstück gesehen und
möchte Sie unbedingt treffen. Der Oberkellner
hat mir freundlicherweise verraten, dass Sie
aus Deutschland kommen und hat auch den
Brief, den Sie gerade in Händen halten, auf Ihr
Zimmer bringen lassen. Bitte tun Sie mir den
Gefallen und treffen sich heute Abend mit mir
an der Bar. Ein Problem gibt es dabei. Ich bin
sehr befangen und würde mich niemals trauen,
Sie anzusprechen. Bitte übernehmen Sie das für
mich. Ich hoffe, dass Sie kommen werden.*

Schöne Grüße, Ihr H.F."

„Wie jetzt?", denkt Viktoria. „Ich kenne den Herrn
doch gar nicht, woher soll ich dann wissen wie er aussieht? Und außerdem will ich niemanden kennenlernen, wozu auch für die paar Tage. Was mache ich
jetzt nur?"

Sie liest die Zeilen noch einmal, kann aber nicht
mehr herauslesen, wie schon zuvor. Sie geht erst einmal duschen und richtet sich für den Abend. Die
Kleiderwahl fällt ihr unter den Umständen, da sie
wohl offensichtlich beobachtet wird, noch schwerer
als sonst. Sie wählt ein Kleid mit schwarzem Oberteil
und buntem, kurzen Rock. Ein Teil in dem sie sich besonders wohl fühlt, weil sie weiß, dass es ihre gute
Figur noch mehr zur Geltung bringt. Bei den Schuhen entscheidet sie sich für schwarze, flache Zehen-
sandaletten. Dann macht sie sich auf den Weg in den

Speisesaal. Im Gegensatz zum Vorabend achtet sie verstärkt auf die Personen, die ihr begegnen. Sie stellt fest, dass sich bevorzugt Paare in dem Hotel aufhalten. Einzelne Personen fallen ihr zunächst nicht auf. Auch im Saal und am Buffet schaut sie sich ständig um. Erst als sie merkt, dass sie kaum Augen für das Essen hat, sondern die ihr unbekannte Person finden will, erschrickt sie vor sich selbst.

„Was tue ich da nur. Bin ich denn total übergeschnappt?", denkt sie und versucht sich auf ihr Essen zu konzentrieren, was ihr nicht besonders gut gelingt. Beim Hinausgehen dreht sich Viktoria sogar noch einmal um.

„Setze ich mich jetzt an die Bar oder gehe ich lieber auf der Uferpromenade spazieren?"

Sie entscheidet sich für den Spaziergang, der ihr schon nach kurzer Zeit langweilig wird. Sie bekommt den Kopf nicht frei und kann die frische Nachtluft einfach nicht genießen. So kennt sie sich gar nicht! Daher begibt sie sich dann doch an die Bar, und ist erstaunt, wie viel dort los ist. Das Animationsprogramm für diesen Abend ist eine Flamencogruppe. Drei Damen in voluminösen roten Kleidern und mit Kastagnetten in den Händen und ein ganz in schwarz gekleideter und mit einem großen, roten Tuch bestückter Torero tanzen zu heißen, spanischen Rhythmen. Das Publikum klatscht kräftig mit. Alle Tische im Raum sind belegt. Ein Hocker am Tresen ist noch frei. Sie setzt sich und bestellt ein Glas Weißwein. Wieder ertappt sie sich dabei, dass sie alle Personen mustert.

„Wer könnte der Fremde sein?"

Inzwischen empfindet Viktoria es fast schon als aufregend, sich möglicherweise mit jemandem zu treffen, den sie noch nie zuvor gesehen hat. Es ist aber niemand alleine da.

„Vielleicht kommt er noch?", hofft Viktoria und schaut den Akteuren zu. Als die Show zu Ende ist, verlassen die meisten Gäste den Raum. Doch sie kann immer noch niemanden entdecken, der der Unbekannte sein könnte. Sie trinkt ihr Glas leer, unterschreibt die Rechnung und geht mit einer gewissen Enttäuschung auf ihr Zimmer und ins Bett.

Als sie sich am nächsten Morgen nach dem Frühstück für den Pool umzieht, entdeckt sie einen Briefumschlag auf dem Tisch. Neugierig öffnet sie diesen.

„Gnädige Frau, schade, dass Sie gestern nicht in die Bar gekommen sind. Ich habe bis Mitternacht dort auf Sie gewartet. Die Hoffnung will ich aber nicht aufgeben. Bitte lassen Sie es uns heute noch einmal mit einem Treffen versuchen. Ich bin um 17 Uhr in der Sauna und würde mich sehr freuen, Sie dort zu sehen.

Es grüßt Sie Ihr H.F.

PS. Bitte vergessen Sie nicht, dass ich zu schüchtern bin, Sie anzusprechen."

„Ich war am vereinbarten Ort. Da stimmt doch etwas nicht."

Plötzlich fällt es ihr wie Schuppen von den Augen. Es gibt eine weitere Bar im Hotel, sogar mit angrenzender Terrasse. Die hatte sie völlig vergessen.

„Vermutlich ist er dort gewesen", denkt Viktoria.

Missmutig begibt sie sich zum Pool. Ihr Platz von gestern ist noch frei, nur ihr Kopf nicht.

„Soll ich hingehen oder lieber nicht?"

Dieser unentschlossene Gedanke beschäftigt sie die ganze Zeit. Mit gemischten Gefühlen begibt sie sich zur vorgeschlagenen Uhrzeit zum SPA. Im Eingangsbereich wird sie gleich erfreut begrüßt.

„Schön, dass Sie sich entschlossen haben, uns erneut zu beehren!", freut sich der Angestellte von gestern.

„Würden Sie mir bitte zeigen, wie ich zur Sauna komme?"

„Gerne. Ich zeige Ihnen am besten gleich die ganzen Räumlichkeiten, damit Sie wissen, was Sie hier alles erwartet."

Er führt sie überall herum und am Ende öffnet er die Türe zu einem Umkleideraum.

„Hier können Sie sich ausziehen. Die finnische Sauna ist direkt nebenan. Viel Vergnügen!"

Mit einem großen Handtuch umwickelt öffnet sie ein paar Minuten später die Tür zur Sauna. Außer ihr ist niemand da und so setzt sie sich in der zweiten Reihe ordnungsgemäß auf ihr Handtuch.

„Ich glaube, mir wäre es jetzt doch lieber, wenn niemand mehr kommt", denkt Viktoria. Und wie soll es anders sein, genau in dem Moment geht die Tür auf und zwei dunkelhaarige Männer kommen herein.

Nach einer Schrecksekunde kann sie sich wieder fangen. Die Männer unterhalten sich und haben sie wohl gar nicht wirklich bemerkt. Die beiden setzen sich auf die gegenüberliegende Seite.

„Gut gebaut sind beide", stellt Viktoria bewundernd fest. „Ist einer davon der Briefschreiber? Welche Sprache sprechen sie?"

Wegen der plätschernden Musik im Hintergrund kann sie die flüsternden Stimmen nicht richtig verstehen. Da öffnet sich die Tür erneut und ein blonder junger Mann setzt sich rechts neben sie.

„Der ist viel zu jung. Schade eigentlich. Aber ihn spreche ich lieber nicht an", beschließt sie.

Dann merkt sie, dass es ihr langsam aber sicher zu warm wird. Auch hat sie das Gefühl, Kopfschmerzen zu bekommen und verlässt vorsichtshalber die Kabine. Davor ist gleich eine große Dusche. Den kühlen Wasserstrahl empfindet sie als eine Erlösung. Als sie sich umdreht und die Dusche verlässt, stößt sie fast mit dem jungen Mann zusammen.

„Sorry", sagt er nur und Viktoria wickelt sich schnell ihr Handtuch um.

„Das war es dann wohl. Oder ist es doch einer der beiden Dunkelhaarigen. Der Blonde kann es nie und nimmer sein", ist sich Viktoria sicher und geht zum Umkleideraum.

Nach dem Abendessen, bei dem sie wieder keinen einzelnen Mann gesehen hat, beschließt sie, noch einen Absacker zu trinken. Diesmal wählt sie die andere Bar, die richtige, wie sie insgeheim hofft. Es sitzt nur ein Mann mit rötlichen Haaren an der Theke. Sie setzt sich neben ihn und bestellt sich einen Gin Tonic.

„Guten Abend, sind Sie zum ersten Mal auf Gran Canaria", eröffnet Viktoria die Unterhaltung. Ihr Herz droht zu zerspringen, als der Mann antwortet.

„Nein, ich komme jedes Jahr hier her. Meist nur für ein paar Tage. Das Hotel ist gut und das Essen auch."

„Ich bin zum ersten Mal hier und mir gefällt es bis jetzt auch richtig gut. Vor allem das Meer hat es mir angetan, wenngleich ich noch nicht am Strand war, geschweige denn im Wasser."

„Ich fahre morgen mit dem Bus an den nächstgrößeren Strand. Wenn Sie wollen, könnten Sie mitkommen", lädt der Mann sie ein.

„Ja, das klingt toll. Um wie viel Uhr soll ich an der Rezeption sein?"

„So um elf Uhr, wenn das für Sie nicht zu früh ist."

„Nein, das passt."

„Möchten Sie noch einen Drink? Ich möchte Sie einladen."

„Ja, gern."

Die Unterhaltung plätschert so vor sich hin und gegen Mitternacht geht sie mit einem angenehm beschwingten Gefühl auf ihr Zimmer. In dieser Nacht schläft sie selig und erwartungsvoll steht sie am nächsten Tag pünktlich um elf Uhr an der Rezeption. Beim Frühstück hatte sie den Herrn nicht gesehen. Sie wartet und wartet, aber er kommt nicht.

„Ärgerlich, dass ich vergessen habe, nach dem Namen zu fragen", denkt sie.

Um halb zwölf fragt sie den Portier, ob der Bus zum Strand nebenan schon weg sei.

„Jede Stunde fährt einer", ist seine Auskunft.

„War er womöglich schon gefahren und sie war zu spät dran gewesen?"

Viktoria nimmt den Bus um zwölf Uhr. Der andere Strand ist wunderschön in einer Bucht gelegen. Das Wasser ist tiefblau und glitzert in der Sonne. Sie schaut sich um, aber der Mann ist nicht zu sehen und so verbringt sie den Nachmittag mit einem ausgiebigen Sonnenbad. Zwischendrin geht sie immer mal wieder ins Meer, um sich abzukühlen.

„Herrlich ist es hier", denkt sie und fährt am frühen Abend nur ungern ins Hotel zurück. Auf dem Zimmer findet sie gleich zwei Briefumschläge. In dem Ersten ist eine Einladung vom Hotel:

„Verehrte Hotelgäste, wie Sie schon am Aushang lesen konnten, feiern wir dieses Jahr unser 10-jähriges Jubiläum. Jeden Mittwoch laden wir Sie zu einem Helikopterflug ein. Wenn Sie teilnehmen möchten, melden Sie sich bitte unter der Telefonnummer 333 am Abend davor an. Sie bekommen dann die genaue Abflugzeit mitgeteilt. Wir würden uns freuen, wenn Sie unserer Einladung folgen."

„Das wäre ja schon morgen", stellt Viktoria fest. „Ein Helikopterflug klingt spannend, eigentlich sollte ich hingehen. Aber so ganz alleine habe ich da keine Lust darauf."

Dann öffnet sie den zweiten Umschlag:

„Gnädige Frau, ich bedauere sehr, dass wir uns noch nicht getroffen haben. Kann es sein, dass Sie Ihre Uhrzeit nicht umgestellt haben? In Spanien ist es eine Stunde später als in Deutschland. Jetzt hoffe ich sehr, dass es morgen beim Helikopterflug klappt. Und bitte denken Sie an meine Schüchternheit.

In freudiger Erwartung, Ihr H.F."

Stutzend schaut sie auf ihre Armbanduhr. Tatsächlich hat sie mit keiner Silbe daran gedacht, nach der Landung, ihre Uhr um eine Stunde zu verstellen. „Wie dumm von mir. Also war er keiner der Herren, die ich getroffen habe. Warum kann der Schreiber nicht wenigstens Mal einen Hinweis auf sein Äußeres geben?", denkt sie.

Nach kurzem Zögern greift sie zum Telefonhörer und meldet sich zum Helikopterflug an. Ihr wird gesagt, dass sie um vier Uhr auf das Hoteldach kommen soll.

„Nicht schlecht", freut sie sich. „Dann habe ich davor genügend Zeit zum Sonnen."

Nach dem Abendessen ist Viktoria von dem Aufenthalt am Meer so müde, dass sie gleich zu Bett geht. Als sie sich am nächsten Nachmittag auf dem Hoteldach einfindet, staunt sie nicht schlecht über die Größe des Helikopters. Es warten davor ungefähr zehn Personen.

„Ist er dabei?", fragt sich Viktoria und schaut in die Runde.

Ein sehr braungebrannter Mann von stattlicher Größe fällt ihr besonders auf. Es werden alle gebeten einzusteigen und kurz darauf geht es los. Die Aussicht von oben ist grandios. Der Blick auf die Insel, den Strand, die Weite des Meeres in dem sich die Sonne spiegelt, ist atemberaubend.

„Wie wunderschön", denkt sie.

Viel zu schnell ist der Flug vorbei. Beim Aussteigen hat sie die Gelegenheit, den Herrn anzusprechen.

„Das war toll, finden Sie nicht auch?"

„Ja, so etwas habe ich noch nie erlebt", antwortet er.

„Sie sind wohl schon länger hier, so herrlich braun wie Sie sind."

„Ja, ich muss heute leider schon wieder abreisen. Mein Flugzeug geht um Acht."

„Dann sehen wir uns nicht mehr beim Abendessen?"

„Leider nein. Schade, dass wir uns nicht früher begegnet sind. Ich wünsche Ihnen noch einen erholsamen Aufenthalt!"

„Er ist es also nicht, aber wer dann?", grübelt sie.

Es war ihr sonst keine Einzelperson aufgefallen. Am Abend macht sie nach dem Essen noch einen ausgedehnten Spaziergang und geht anschließend gleich auf ihr Zimmer, um den Tag auf dem Balkon mit einem Glas Rotwein ausklingen zu lassen.

Als sie am nächsten Morgen vom Frühstück zurückkommt, schaut sie sich vergeblich nach einem Briefumschlag um.

„Er war es also doch gewesen", denkt sie und verbringt den Tag am Pool.

Es ist ihr letzter Abend, morgen geht es schon wieder nach Hause.

„Die paar Tage waren viel zu kurz", bedauert sie, als sie ihre Sachen einpackt.

Zum Abschluss besucht sie noch einmal die Bar. Sie bestellt sich gerade ein Glas Champagner, als sie von hinten angesprochen wird.

„Waren Sie heute auch bei dem Helikopterflug? Ich hatte die Gelegenheit um die Mittagszeit mitfliegen zu können. Es war zwar sehr heiß, aber die Aussicht hat für alles entschädigt."

„Ja, ich war am Nachmittag mit dabei. Es war ein schönes Erlebnis", antwortet Viktoria etwas überrascht.

„Sind Sie noch länger hier?"

„Nein, ich muss morgen leider schon abreisen."

„Dann lassen Sie uns etwas trinken. Darf ich Sie zu einem weiteren Glas einladen?"

Beide unterhalten sich prächtig, bis ihnen zu verstehen gegeben wird, dass die Bar jetzt schließen müsse. Sie tauschen noch Namen und Telefonnummern aus, dann geht Viktoria auf ihr Zimmer.

Als sie am nächsten Tag auscheckt, bekommt sie einen Briefumschlag überreicht, auf dem ihr Name steht. Sie dreht ihn um und entdeckt weitere Worte auf dem Umschlag: „Bitte erst öffnen, wenn Sie im Flugzeug sind."

Die Abreise fällt ihr unerwartet schwer. Sie hat doch einiges erlebt und viel Abwechslung gehabt. Vielleicht würde sie sogar den einen Mann von gestern wiedersehen. Im Flugzeug öffnet Viktoria neugierig den Umschlag:

„Gnädige Frau, hoffentlich hat Ihnen unser besonderes Programm für Alleinreisende gefallen und Sie empfehlen uns weiter.

Ihr Hotel Fortuna."

Wie du mir, so ich dir

Warm und kuschelig, mein Bett ist das reinste Paradies", denkt Robin, streckt sich genüsslich und lässt die Augen geschlossen.

„Heute bleibe ich länger liegen, es ist schließlich Sonntag. Wenn nur diese starken Kopfschmerzen nicht wären. Die verschwinden bestimmt bald."

Sein Versuch, erneut einzuschlafen, gelingt, doch ungefähr eine Stunde später wacht er erneut auf. Er reißt erschrocken die Augen auf und will sich aufsetzen. Da das nicht klappt, fällt sein Kopf wieder auf das Kissen.

„Was ist denn jetzt los?"

Verwundert dreht er den Kopf zur Seite und will auf seinen Wecker schauen. Die Vorhänge sind zugezogen, nur ein kleiner Spalt Licht fällt in sein Schlafzimmer. Doch das reicht aus, um zu sehen, dass sein Wecker nicht an gewohnter Stelle steht.

„So ein Mist, ist heute nicht Montag? Ich habe eine wichtige Prüfung an der Uni. Wenn ich jetzt verschlafen habe, ist alle Arbeit dafür umsonst gewesen. Wieso kann ich meine Arme nicht bewegen? Träume ich das nur? Ich muss irgendwie aufstehen, schon allein deshalb, weil ich ein Schmerzmittel brauche. Mein Kopf dröhnt immer mehr. Wie soll ich so später nur die Klausur schreiben?"

Robin versucht erneut, sich aufzurichten. Doch er schafft es nicht.

„Was ist denn nur los?! Das gibt es doch nicht!"

Er begreift langsam, dass seine Hände seitlich an das Bett gefesselt sind. Dann will er seine Beine anziehen und merkt, dass auch diese am Bett angebunden sind.

Panik macht sich bei ihm breit. Er beginnt stark zu zittern und ein Schweißausbruch folgt dem nächsten. Als er seinen Blick schweifen lässt, kann er eigentlich nichts Genaues erkennen. Trotzdem wird im klar, dass dies nicht seine Wohnung ist und er nicht in seinem eigenen Bett liegt.

„Das kann nur ein Traum sein. Sehr real, aber das soll es ja geben", versucht er sich zu beruhigen und schließt die Augen, in der Hoffnung, dass der Spuk gleich vorbei sein wird. Doch nichts dergleichen passiert.

Da geht die Zimmertür auf und Licht strömt in den Raum. Er öffnet die Augen und sieht eine junge blonde Frau ins Zimmer kommen. Ungläubig starrt er sie an.

„Wer ist das?", denkt Robin.

Sie kommt näher und bleibt vor dem Bett stehen.

„Na, auch schon wach? Es ist fast Mittag. Wie wäre es mal mit Aufstehen?"

„Würde ich ja gern, aber es geht nicht."

„Ach ja, das hatte ich fast vergessen."

Sie zieht ihm die Decke weg und schaut genau auf sein bestes Stück.

„Ich habe ja gar nichts an", stellt er entgeistert fest. „Wer hat mir die Klamotten ausgezogen und mich festgebunden? Ich muss doch zu meiner Prüfung. So kann ich dort nicht aufkreuzen."

„Seit wann interessieren dich Prüfungen? Bei dir ist doch bestimmt nur Party angesagt."

„Wenn ich diese nicht bestehe, muss ich die Uni verlassen. Doch was geht dich das an? Wer bist du überhaupt?"

„Ich bin die Schwester von Connie. Sagt dir der Name etwas?"

„Nein, spontan fällt mir niemand mit dem Namen ein."

„So einer bist du also."

„Wie meinst du das?"

„Erst anbaggern und abschleppen wollen, jetzt keine Erinnerung mehr daran haben."

„Ich weiß nicht wovon du redest. Kann ich bitte eine starke Kopfschmerztablette bekommen? Mir platzt gleich der Schädel."

„Auch noch Sonderwünsche. Nein, das geht nicht."

„So langsam glaube ich, ich bin im falschen Film. Was geht hier vor? Was willst du von mir?"

„Ich", sagt sie betont langsam, „will gar nichts von dir. Außerdem bist du nicht mein Typ. Ich stehe eher auf schlanke, große Männer. Nicht auf so Teddybären wie dich, mit Schwabbelbauch und Mini-Ding."

„Wie bitte? Jetzt wirst du aber unverschämt. Das ist ja gar nicht wahr. Mein Body ist gestylt vom Fitnessstudio."

„Ach echt? Das sehe ich aber anders."

„Jetzt mach mich los und lass mich gehen."

„Nein, das steht nur Connie zu. Die kommt sicher gleich. Bis später."

Sie dreht sich abrupt um, verlässt den Raum und schließt die Tür hinter sich. Alleine in der Dunkelheit zurückgelassen fühlt er sich hilflos und ängstlich. Sein Kopf dröhnt, die Adern an seinen Schläfen pochen wild und er kann sich absolut nicht mehr an das Geschehene erinnern.

Robin war am Samstag mit zwei Kumpels auf das Oktoberfest gegangen. Sie hatten eine Riesengaudi. Das Bier floss in Strömen und sie trafen einige Studienkolleginnen, die mit ihnen beim Trinken fleißig mithielten. Er hatte ein Auge auf eine davon geworfen und kam mit ihr ins Gespräch, soweit es bei dem Geräuschpegel möglich war. Ihr Name war Connie. Als sie auf die Toilette ging, war er ihr gefolgt. Er passte sie beim Herauskommen aus den Örtlichkeiten ab und wurde zudringlich. Sie wollte aber nichts von ihm und ging direkt zu ihrem Tisch zurück. Er fühlte sich daraufhin in seiner Ehre gekränkt und wollte es ihr heimzahlen. Er wartete so lange, bis sie erneut zur Toilette musste und passte sie dort ab. Während sie auf der Toilette war, organisierte er zwei Gläser mit Schnaps und gab in einen ein paar Tropfen aus einem kleinen Röhrchen. Diesen Becher reichte er ihr zur Versöhnung. Er wollte sich angeblich für sein Verhalten entschuldigen. Sie akzeptierte und trank mit ihm den Drink. Kurz darauf wurde ihr schummrig. Es drehte sich alles und sie musste sich an der Wand des Bierzelts festhalten.

„Viel Spaß noch", rief Robin ihr breit grinsend zu und verschwand dann ganz schnell.

Zufälligerweise ging Connies Schwester kurze Zeit später ebenfalls zu den Toiletten und merkte, dass etwas mit ihr nicht stimmte.

„Der Typ von unserem Tisch mit den dunklen, lockigen Haaren hat mir was in den Drink getan. Todsicher, ich schwöre", sagte Connie lallend.

Die Schwester holte einen Bekannten, der sie nach Hause bringen sollte. Doch zuvor ging sie zurück zum Tisch, um die Sachen von Connie zu holen. Dort kippte sie unbemerkt KO-Tropfen – die sie für alle Fälle immer dabei hatte – ins Bier des jungen Mannes. Auch für diesen organisierte sie einen Helfer, der ihn zu ihr nach Hause brachte.

All die Überlegungen, die Robin in der Zwischenzeit angestellt hat, waren umsonst. Er kann sich partout nicht erinnern. Erst als die Tür aufgeht und Connie ins Zimmer kommt, fällt ihm sofort wieder einiges vom Vorabend ein.

„Na, wie fühlt es sich an, wenn man etwas in den Drink gemischt bekommt?", fragt Connie schnippisch.

„Falls du es dir bisher nicht vorstellen konntest, dann weißt du es spätestens jetzt. Meine Schwester hat das einzig Richtige mit dir getan. Was bist du denn für einer? Mich in so eine Lage zu bringen und dann einfach hilflos stehen zu lassen. Was hast du dir bloß dabei gedacht?"

„Wie peinlich", denkt Robin, schockiert von sich selbst. „Nie wieder werde ich so etwas tun."

Wo ist sie

Gut gelaunt steigt Herbert am Flughafen in ein Taxi. Er hatte während seinem verlängerten Wochenende auf Mallorca eine bildhübsche junge Dame kennengelernt. Lange dunkelblonde Harre, ein ebenmäßiges Gesicht, außerdem schlank, oder besser gesagt sehr gut proportioniert. Als er sie an der Bar auf einen Drink einladen wollte, lehnte sie ab. Sie sei verheiratet, hätte ein kleines Kind und wollte einfach mal für ein paar Tage Abstand vom Alltag, hatte sie ihm gesagt.

Doch er war sich sicher, dass kein Mann so eine Frau alleine verreisen lässt. So blöd kann keiner sein, denn bei dieser Optik ist sie in der Männerwelt automatisch „Freiwild". Er beobachtete, wie sie von so manchem Mann angesprochen wurde. Am Strand ist sie dann sogar mal aufgestanden und gegangen, als ihr einer zu nahe kam.

„Alles nur eine Frage der Zeit", dachte er sich.

Und wie es der Zufall so will, hatte er am letzten Abend doch noch die Gelegenheit, mit ihr etwas ausführlicher zu plaudern, weil sie sich zu ihm an den Tisch setzen musste, da das Restaurant des Hotels zu der Uhrzeit gut besucht war.

Er bemühte sich sehr um guten Small Talk. Es stellte sich heraus, dass sie beide in Düsseldorf wohnen. Er erzählte von seinem Job in der Werbeagentur, bei der er Teilhaber ist. Er schwärmte von seinen vielen Urlaubsreisen, die er schon gemacht hatte und berichtete anschaulich darüber.

Sie hörte aufmerksam zu, gab aber von sich selbst nicht wirklich etwas Preis, denn sie sagte so gut wie nichts. Die Küche lobte sie und den hervorragenden Service, auch das gute Wetter sprach sie an, aber das war es auch schon. Sofort nach dem Nachtisch verschwand sie auf ihr Zimmer. Sie wolle noch telefonieren, sagte sie.

Da er am nächsten Morgen abreisen musste und sein Bus zum Flughafen schon um 6 Uhr ging, sah er sie zu seinem Leidwesen nicht mehr.

Im Radio des Taxis kommt das Lied: „Lieber Wolke 4 mit dir als unten wieder ganz allein ...“

Er summt das Lied mit und seine Gedanken kreisen, wie eigentlich schon den gesamten Kurzurlaub, nur um das eine oder anders gesagt: um die Eine. Er weiß, dass er sie lieber vergessen sollte, aber sein Kopf gewinnt nicht über sein Herz. Er glaubte schon immer an die große Liebe auf den ersten Blick. Noch nie hatte er länger als ein paar Wochen eine Freundin gehabt. Eine zum Heiraten war schon gleich gar nicht dabei gewesen und er hätte so gerne Kinder, mindestens zwei.

Er fragte sich oft, woran es wohl liegen könnte, dass es bis jetzt noch mit keiner geklappt hatte. Denn eigentlich sieht er nicht schlecht aus. 1,90 m groß, schlank und braunes, fülliges Haar. Viele seiner Bekannten in seinem Alter haben schon eine Halbglatze und Falten um die Augen. Er sieht immer noch sehr jugendlich aus mit seinen 44 Jahren. Er ist erfolgreich, verdient gut und kann sich einen Ferrari leisten. Auch seine Doppelhaushälfte mit großer Dachterrasse kann sich sehen lassen. 250 qm, modern eingerichtet und in einem schönen Wohnviertel mit viel Grün darum. Er hat eine Haushälterin und einen Gärtner, der sich auch um sein Auto kümmert. Zudem kann er ein relativ sorgloses Leben führen, denn er hat ein dickes Bankkonto.

Einen Teil des Geldes erbte er von seinem kinderlosen Onkel, der noch keine 60 war als er bei einem tragischen Unfall – oder präziser ausgedrückt bei einem Flugzeugabsturz – ums Leben gekommen ist. Das dubiose daran war, dass die Leichen nie gefunden wurden.

Den anderen Teil hatte er sich selbst erarbeitet.

Das materielle Drumherum stimmt bei ihm, aber seine Gefühlswelt ist im Laufe der Zeit ziemlich verarmt. Was hatte er schon alles versucht, um eine Frau kennenzulernen. Auch die Internetplattformen, bei denen er eine Zeitlang Mitglied war, hatten ihm nichts gebracht. Es waren lediglich teure, frustrierende Erfahrungen, die ihn immer mehr resignieren ließen. In den meisten Fällen sind die Damen gar nicht erst zum verabredeten Termin erschienen oder verschwanden schon kurz nach ihrer Ankunft unter dem Vorwand, dass sie auf die Toilette müssten und kamen dann nie wieder zurück. Er hatte mit der Zeit schon den Verdacht gehegt, dass die Partnerschaftsvermittlungen nicht sonderlich seriös arbeiten und so mancher Mailverkehr inklusive der Verabredungen nicht echt sei. Aber wie hätte er das beweisen sollen? Wie will man einen Ghostwriter überführen, wenn man immer noch ein Fünkchen Hoffnung hat, dass doch die richtige Frau dabei sein könnte. Die Energie dafür hatte er nicht aufgebracht und hatte lieber gezahlt, wenn die Abschlussrechnungen nach Kündigung der Mitgliedschaft ins Haus geflattert sind. Außerdem war es ihm doch irgendwie peinlich, dass er auf diesem Wege versucht hatte, eine Frau zu finden. Und jetzt hatte er seine Traumfrau gesehen und wollte alles dran setzen, sie wieder zu treffen.

Als er die Haustüre aufschließt und sein Hund Balu, ein Golden Retriever, ihn freudig bellend und schwanzwedelnd begrüßt, kann er die negativen Gedanken, die seine Stimmung bei der Herfahrt ab und zu trübten, für kurze Zeit wieder vergessen. Er stellt seinen Koffer im Eingangsbereich ab und geht erst einmal mit seinem Hund eine lange Runde spazieren. Dabei ertappt er sich, dass er nicht so konzentriert ist wie sonst, und er Balu öfter aus den Augen verliert.

Seine Gedanken schweifen ständig ab. Er nimmt sich vor, dass er, wenn sie wieder zurück sind, sofort seine Pro-und Kontraliste, die er vor Jahren einmal erstellt hat, heraussucht und mit dem vergleicht, was er bisher über die Frau zu wissen glaubt. Als er es kurze Zeit später in die Tat umsetzt, muss er feststellen, dass ihm dies überhaupt nichts bringt. Er hatte die Liste erstellt, um distanziert, objektiv und mit klarem Blick Situationen zu analysieren.

Nur jetzt hat er den Eindruck, dass ihm in gewisser Weise seine Emotionen im Wege stehen. Dazu kommt, dass er weiß, wie schwierig emotionale Vorhersagen überhaupt möglich sind. Eine Entscheidungsfindung, ob sie zu ihm passen würde oder nicht, schon allein wegen des geringen Wissens über die Frau, ist so nicht möglich. Er wird sich bewusst, dass er lieber intuitiv entscheiden sollte, aber dies ist nicht gerade seine Stärke. Nach einem kleinen Imbiss und ausgiebigem Kuscheln mit Balu, geht er vor lauter Müdigkeit am frühen Abend mit der Hoffnung ins Bett, dass er sie irgendwann wieder treffen wird.

In der Nacht träumt er von einem weißen Strand mit vielen Palmen, einer Hochzeitsgesellschaft und wie ein Paar nacheinander „Ja, ich will." sagt. Die Personen selbst kann er dabei nicht erkennen, aber er fühlt sich sehr wohl.

Als er am nächsten Morgen erwacht ist er voller Energie. Er fühlt sich topfit und erholt, obwohl er doch nur für kurze Zeit im Urlaub gewesen war. Sein Kumpel Frieder, der Mitinhaber der Agentur, bemerkt die Verwandlung sofort bei seinem Eintreffen.

„Na, war es schön? Hast du jemanden kennengelernt? Oder was ist mit dir los? Du strahlst ja förmlich. Leugne es nicht, es ist doch etwas passiert, stimmt's?", sprudelt es neugierig aus Frieder heraus.

„Ja, also eigentlich ist nichts vorgefallen", antwortet Herbert abwehrend.

„Erzähl mir doch nicht so was. Ich kenne dich. Da war doch was. Du kannst es mir nicht verheimlichen", hakt Frieder nach.

„Also gut, ich habe eine Frau kennengelernt oder auch wieder nicht."

„Blödes Gerede. Sag mir jetzt was los war oder …!"

„Oder was?"

„Ich bringe dich gleich um, wenn du jetzt nicht sofort deinem Mund aufmachst", sagt Frieder mit einem schelmischen Grinsen.

„Okay, ich sehe schon, ich habe keine Wahl. Wehe du lachst über mich, dann sind wir geschiedene Leute", lenkt Herbert ein.

„Ich schwöre, ich lache nicht."

„Ich habe da eine wunderschöne Frau kennengelernt und auch mit ihr gesprochen. Ärgerlicherweise habe ich sie nicht nach ihrem Namen gefragt und schon gar nicht nach ihrer Telefonnummer oder Adresse. Ja, schon klar, dir wäre das nicht passiert. Aber sie ist angeblich verheiratet und hat ein Kind. Daher werde ich sie mir wohl so oder so aus dem Kopf schlagen müssen."

Frieder grinst über das ganze Gesicht.

„Du bist schon ein echter Weiberheld. Ironisch gesagt, versteht sich. Hast du denn nichts dazugelernt. In deinem Alter solltest du inzwischen wissen, dass der Ehemann meist nur vorgeschoben ist, um Distanz zu wahren. Insgeheim hat sie vielleicht gehofft, dass du sie wenigstens nach ihrer Telefonnummer fragst."

„Das wollte ich ja noch, aber es kam nicht mehr dazu, weil ich sie vor der Abreise nicht mehr gesehen habe. Abgesehen davon hatte ich gedacht, dass sie vielleicht mit im Flugzeug sitzt, denn sie wohnt auch in Düsseldorf. Wie konnte ich nur glauben, dass sie am gleichen Tag mit mir zurückfliegt? Da war wohl der Wunsch Vater des Gedankens."

„Du bist unverbesserlich. So bleibst du dein Leben lang alleine. Wenn dir etwas wichtig ist, dann musst du handeln und nicht warten, bis dir etwas in den Schoß fällt. Hast du ihr wenigsten deinen Namen gesagt?"

„Ja, ich habe mich beim ersten zufälligen Treffen an der Bar mit meinem kompletten Namen vorgestellt. Aber den hat sie sich sicher nicht gemerkt. Warum auch, sie hat sich nicht für mich interessiert."

„Das weißt du doch gar nicht."

„Wissen nicht direkt, aber ich kann es mir denken, denn ich habe sie noch ein zweites Mal getroffen."

„Sag jetzt bloß nicht, dass du da tatsächlich wieder nicht nach ihrem Namen gefragt hast."

„Wie schon erwähnt, habe ich das versäumt."

„Mensch Herbert, wie dumm muss man sein. In der Hinsicht werde ich dich nie verstehen."

„Wie auch immer, ich muss das Ganze jetzt abhaken, weil ich mich nicht in Träumereien verlieren darf. Die Realität ist, dass ich nie die Frau fürs Leben finden werde. Das ist jetzt hundertpro sicher", sagt Herbert resignierend. „Komm, lass uns unser Projekt noch einmal durchgehen, morgen ist die Präsentation vor dem Kunden."

„Du willst einfach so zur Tagesordnung übergehen? Deine Nerven möchte ich mal haben. Aber wenn du meinst."

Nach einem langen Arbeitstag geht Herbert zu seinem Auto, steigt ein und will gerade wegfahren, als er unter dem Scheibenwischer einen weißen Zettel entdeckt. Er steigt aus, um das Papier zu entfernen. Da es schon seit einer halben Stunde regnet, ist der Zettel total durchnässt. Er setzt sich schnell wieder ins Auto, um selbst nicht allzu nass zu werden. Er zerknüllt das Stückchen Papier verärgert und wirft es achtlos auf den Boden vor dem Beifahrersitz.

„Die Leute die so was machen, denken einfach nicht nach", sagt er zu sich selbst. „Alles nur wegen einer Werbung für irgendetwas. Wenn ich jetzt losgefahren wäre und den Scheibenwischer angeschaltet hätte, ohne das Papier zu entfernen. Was da alles hätte passieren können. Aber jetzt nichts wie nach Hause, Balu wartet bestimmt schon auf mich."

Zu später Stunde klingelt bei ihm das Telefon. An der Nummer kann er den Anrufer schon erkennen.

„Hallo Frieder, du um die Uhrzeit! Was ist denn passiert?", meldet sich Herbert.

„Ich habe eine super Idee, wie du vielleicht doch noch mal mit der Frau zusammenkommen könntest."

„Ach hör auf, da ist nichts mehr zu retten und ich will mir nichts mehr vormachen", antwortet Herbert leicht gereizt, denn er hatte die ganze Zeit versucht, die Sache zu vergessen.

„Jetzt hör doch erst einmal zu. Wie wäre es, wenn du beim Radio anrufst und eine Suchaktion startest."

„So ein Schwachsinn. Hast du zu viel getrunken?"

„Nein, nur ein Glas Rotwein."

„Der ist dir wohl zu Kopf gestiegen. Ich weiß doch gar nichts Konkretes über sie, wie oft muss ich das noch sagen. Und außerdem, wenn sie noch auf Mallorca ist, ist das doch völlig sinnlos, denn sie könnte den Aufruf nicht hören und sich schon gleich gar nicht melden."

„Aber du weißt, wie sie aussieht, wo und wann ihr euch auf Mallorca gesehen habt. Das ist doch schon mal was."

„Was soll das bringen. Ich mach mich doch lächerlich. Wer weiß wie viele Leute das dann im Radio hören würden."

„Glaub mir, ein Sender ist froh über so eine Abwechslung. Ein solcher Fall spricht doch irgendwie jeden an. Die Suche nach der Traumfrau. Wer würde da nicht mitfiebern, ob sie gefunden werden kann. Jetzt sei kein Frosch und überlege es dir. Ich kann dir auch einen Ansprechpartner beim Radio vermitteln. Der ist zwar Produzent für eine Morgensendung, aber er weiß sicher, wer dafür zuständig ist. Die Story wäre aus meiner Sicht der Brüller. Und stell dir mal vor, sie würde sich melden!"

„Also ich weiß nicht so recht", erwidert Herbert wenig überzeugt von der Idee seines Freundes.

„Wenn du es nicht machst, dann bereust du es später, das garantiere ich dir."

„Lass mich eine Nacht darüber schlafen, wir reden morgen weiter. Okay?"

„Alles klar, dann gute Nacht. Bis morgen!"

Herbert tat die ganze Nacht so gut wie kein Auge zu. Seine Gedanken kreisten und kreisten nur um das eine Thema, ohne zu einem Ergebnis zu gelangen. Entsprechend müde und missmutig macht er sich, nach einer kurzen Gassi-Runde und ohne Frühstück, auf den Weg zur Arbeit. Frieder erwartet ihn mit neugierigem Blick.

„Na, alle Klarheiten beseitigt?", fragt er.

„Lass mich bloß in Ruhe. Ich habe so schlecht wie noch nie geschlafen."

„Das ist doch ein gutes Zeichen, denn dann beschäftigt es dich doch mehr als du dir selbst eingestehen willst."

„Lassen wir das Thema. In ein paar Minuten kommen unsere Kunden. Ich will ab sofort nichts mehr davon hören."

„Meine Güte, bist du verbohrt. *No risk no fun* sagst du doch selbst immer. Jetzt wage halt mal etwas, spring über deinen Schatten. Du musst es wenigstens versuchen."

Herbert bleibt eine Antwort schuldig, denn es klingelt an der Eingangstür der Agentur.

Kaum sind die zufrieden gestellten Kunden weg, fängt Frieder wieder mit dem Thema an. Er will nicht lockerlassen, weil er glaubt, dass sein Kumpel in der Sache seine Unterstützung braucht. Er redet so lange auf ihn ein, bis sie sich einigen, dass Frieder erst einmal vorsichtig beim Sender die Chancen auslotet, ob diese so einen Aufruf machen würden und Herbert erst bei positiver Resonanz in Erscheinung treten wird.

Nach einem Anruf ist alles klar. Der Sender hat großes Interesse. Herbert soll persönlich vorbeikommen, damit die Sache besprochen werden kann. So fahren beide eine Stunde später gemeinsam dort hin.

Als Frieder auf der Beifahrerseite einsteigt, bemerkt er den Zettel auf dem Boden.

„Seit wann bist du so unordentlich? Dein Wagen ist doch dein Heiligtum und muss immer picobello sauber sein."

Frieder hebt den Zettel auf, faltet ihn auseinander und versucht das Geschriebene zu lesen.

„Das kann man ganz schlecht lesen. Es ist etwas verschwommen, aber wenn ich das richtig erkenne dann steht da handgeschrieben: *Bitte melden, Interesse vorhanden, Handynummer soundso*. Na, wo hast du denn den Schrieb her?"

„Der war unter dem Scheibenwischer geklemmt, mehr weiß ich nicht."

„Mensch, das ist doch voll interessant. Soll ich gleich mal anrufen?"

„Nein, jetzt lass das doch, das kann doch nichts Gescheites sein. Wir sind jetzt auch schon da. Da drüben ist das Parkhaus vom Funkhaus", sagt Herbert genervt.

Nach dem Gespräch mit dem verantwortlichen Produzenten wird Herbert in ein Studio gebracht. Hier soll er live dem Radiomoderator Fragen zu der Sache beantworten. Er ist extrem nervös, weil er sich nicht vorstellen kann, was jetzt alles auf ihn zukommt.

Der Moderator wirkt überaus kompetent und versucht ihn zu beruhigen, was ihm allerdings nicht sonderlich gut gelingt.

„Wir sind gleich auf Sendung", sagt er. „Tief durchatmen, der Rest kommt von alleine. Ich werde Sie führen und wenn Sie mal eine Antwort nicht wissen sollten, dann heben Sie die Hand und ich werde auf meine Weise eingreifen. Glauben Sie nur fest daran, dass Sie Ihre eigentlich unbekannte Bekannte finden werden."

Das Ganze nimmt dann seinen Lauf. Und wie es Frieder vorhergesagt hatte, bewegt diese Suche sehr viele Hörer. Jede Menge Anrufe kommen herein, von denen nur ein ganz kleiner Bruchteil gesendet wird. Es gibt Hinweise, aber die Frau selbst meldet sich bis zum Ende der Sendung nicht. Der Moderator beruhigt Herbert damit, dass auch Tage später noch der ersehnte Anruf eintreffen kann. Interessanterweise waren einige Damen dabei, die Herbert gerne kennenlernen wollen. Er bekommt eine Liste mit den Namen, Telefonnummern und Mailadressen für den Folgetag zugesagt. Und obwohl er das eigentlich gar nicht will, stimmt er zu.

Als die Liste am nächsten Tag per Mail eintrifft, öffnet er diese sofort. Eine gewisse Neugier hatte sich in den letzten Stunden langsam aufgebaut. Befeuert wurde dies durch Frieder, der ihn den ganzen Vormittag über immer mal wieder, mit einem ironischen Tonfall in der Stimme darauf angesprochen hatte.

Herbert kann seine Aufregung nur schwer verbergen. Als er dann die vielen Namen sieht, ist er positiv überrascht. So viele wollten ihn kennenlernen?

„Schau mal, du hast nicht recht gehabt mit deinen höchstens Drei. Es ist unglaublich, aber was mache ich jetzt?", fragt Herbert seinen Freund.

Frieder geht sofort zum Schreibtisch von Herbert und schaut ihm über die Schulter.

„Wow, wer hätte das gedacht. Kommt dir ein Name davon bekannt vor?"

„So auf die Schnelle kann ich das nicht erkennen, aber ich werde mich nachher damit eingehender befassen."

„Wieso nachher? Mach es doch gleich. Die andere Arbeit läuft dir nicht weg", drängt ihn Frieder.

Einige Zeit später hat Herbert die Liste durchgesehen.

„Also der vorletzte Name, der kommt mir irgendwie bekannt vor. Aber vielleicht täusche ich mich auch."

„Wer könnte das deiner Ansicht nach sein?", fragt Frieder nach.

„Kenne ich womöglich von früher."

„Ja und?"

„Nichts und, wir sind vor Jahren mal zusammen ausgegangen und ich glaube sie fand mich langweilig. Jedenfalls habe ich mich nie wieder bei ihr gemeldet."

„Und wie fandst du sie?"

„Das ist schon eine attraktive Frau, nur halt nicht für mich."

„Jetzt spinnst du aber komplett. Du kannst doch nicht einfach denken, dass sie dich nicht gut gefunden hat. Das hättest du sie damals fragen müssen und nicht mutmaßen sollen."

„Wie stellst du dir das jetzt vor? Ich soll einfach mal so anrufen? Das bringe ich nicht fertig", sagt Herbert entmutigt.

„Soll ich für dich anrufen?"

„Bloß nicht, was soll sie denn dann von mir denken und übrigens weiß ich ja gar nicht, ob sie es ist."

„Wenn du jetzt nicht all deinen Mut zusammennimmst, dann wird das nie was. Beziehe dich doch auf die Radiosendung und gib erst mal nicht zu erkennen, dass sie dich möglicherweise schon mal getroffen hat."

„Mal sehen, ich überlege es mir. Vielleicht heute Abend von zu Hause aus."

„Bei dir ist Hopfen und Malz verloren", sagt Frieder resigniert. „Ich gebe jetzt auf – zumindest für heute. Wir sprechen uns morgen wieder, ich muss jetzt zu einem Termin. Bis dann."

Am späteren Abend beschließt Herbert, doch ein Mail zu schreiben. Die Antwort kommt prompt und sie verabreden sich zum Mittagessen am Folgetag. Im Nachhinein ging das für seinen Geschmack dann doch etwas zu flott, aber dann dachte er, dass er nicht so viel erwarten dürfte und im Körbekriegen hatte er eine gewisse Übung. Er nahm sich vor, das Ganze locker zu sehen, damit er nicht enttäuscht werden könnte.

Doch seine Spannung wächst am nächsten Vormittag von Stunde zu Stunde. Je näher der Zeitpunkt des Treffens rückt, umso mehr wünscht er sich, er hätte nichts vereinbart.

Er wendet sich an Frieder, dem er sein Vorhaben gleich am frühen Morgen erzählt hatte:

"Ich glaube, ich gehe nicht hin. Ich mache es jetzt so wie die anderen früher mit mir. Ja genau, das werde ich tun."

„Wieso willst du kneifen?", entgegnet Frieder. „Geh doch hin und wenn es nichts ist, dann hast du wenigstens ein gutes Mittagessen gehabt. Wo bleibt denn deine Neugier? Also ich würde wissen wollen, wer mich kennenlernen will."

„Dann geh doch du für mich hin."

„Das willst du nicht wirklich, ich kenne dich. Stell dir einfach vor, es wäre geschäftlich, dann ist das für dich auf einer anderen Ebene und das macht es leichter."

„Das ist keine schlechte Idee. Das mache ich."

„Siehst du, ab und zu bin ich auch für etwas gut. Und jetzt mach dich vom Acker. Ich erwarte eine positive Rückmeldung."

Herbert kommt etwas früher als zur vereinbarten Zeit im Restaurant an. Es sind noch keine Gäste da. Er setzt sich an den ihm zugewiesenen, aufwändig gedeckten Tisch mit edlem weißem Tischtuch. Kaum hat er Platz genommen, fällt ihm ein, dass er kein Erkennungszeichen ausgemacht hat. Der Gedanke fühlt sich an wie ein Schlag in die Magengrube.

„Ach was, ist doch eigentlich egal. Wenn es sein soll, dann werde ich sie erkennen", denkt er.

Herbert hat sich so gesetzt, dass er die Eingangstür gut im Blick hat. Als ihn der Ober fragt, ob er schon ein Getränk bestellen möchte, lehnt er erst einmal ab und verweist auf die noch erwartete Person.

Mit der Zeit wird er dann doch nervös und schaut ständig auf die Uhr. Denn es kommen immer mehr Personen ins Lokal, aber keine Frau schaut sich suchend um. Dann nervt ihn auch noch der Ober, weil dieser wissen will, ob er nicht doch schon etwas trinken will. Er bestellt ein stilles Wasser und hofft tief im Inneren, dass die Erlösung bald folgen wird. Doch nichts dergleichen passiert.

Nach einer geschlagenen Stunde über der Zeit beschließt er zu zahlen und erhebt sich gleich danach von seinem Stuhl. Die Enttäuschung ist ihm ins Gesicht geschrieben. Er senkt beim Hinauslaufen seinen Kopf, schüttelt diesen leicht hin und her und murmelt vor sich hin:

„Hätte ich nur meine Finger davongelassen. Wie immer bin ich der Blöde. Das wird mir nun endgültig eine Lehre sein."

Er beschleunigt dabei unbewusst seine Schritte, so als ob er auf der Flucht sei und stößt unvermittelt mit einer Frau zusammen, die gerade zur Türe hereinkommt.

„Entschuldigung", sagt Herbert. „War keine Absicht. Ich hoffe, Sie haben sich nicht wehgetan?"

Er hebt dabei den Kopf und kann kaum glauben, was er sieht, denn er blickt in die Augen seiner verloren geglaubten Urlaubsbekanntschaft.

„Was machen Sie denn hier? Ich kenne Sie doch von Mallorca, oder?", fragt sie ebenfalls überrascht.

„Ja, ich war verabredet, aber ich wurde versetzt."

„Das ist aber nicht gerade die feine englische Art. Haben Sie noch Zeit und wollen mit mir zusammen essen?"

„Ja, sehr gerne, aber nur wenn Sie mir Ihren Namen verraten", sagt Herbert und sein Herz schlägt vor freudiger Erwartung.

Unfassbar

Wenn ich an diesen einen Tag vor ungefähr einem Jahr zurückdenke, kommt mir jetzt noch das kalte Grausen.

Es war ein Samstagnachmittag Ende September. Mein Ehemann und ich waren gerade von unserer Toskana-Reise zurückgekehrt und mit dem Auspacken beschäftigt, als es an unserer Wohnungstür klingelte. Ich ging und öffnete. Dort stand unsere Nachbarin aus dem ersten Stock, eine ältere Frau, der man selten über den Weg lief. Ihr Anblick erschreckte mich, hatte sie doch ein extrem blasses Gesicht sowie einen aufgedunsenen Bauch, der sich unter ihrem schmuddeligen Jogginganzug wölbte.

„Frau Schwarz, ist alles in Ordnung?", fragte ich besorgt, bevor sie etwas sagen konnte. „Kann ich Ihnen irgendwie helfen?"

Sie schaute mich erst nur starr an. Dann antwortete sie mit leiser Stimme:

„Ja. Nein... Ich muss ins Krankenhaus, der Krankenwagen ist schon unterwegs. Ich wollte nur fragen... Könnten Sie meinen Hund für ein paar Tage zu sich nehmen?"

Von der Frage überrumpelt stimmte ich sofort zu, obwohl ich wusste, dass sich unser Hund mit dem der Nachbarin nicht verstehen würde. Mir blieb nur noch einzuwenden, dass es doch besser wäre, wenn sie ihn einem Verwandten geben würde.

„Seit mein Mann vor drei Jahren gestorben ist, habe ich niemanden mehr. Außer meinen Halbbruder. Aber mit dem habe ich schon lange keinen Kontakt gehabt", entgegnete sie. „Es ist besser, wenn Sie ihn nehmen. Ich hole Ihnen jetzt meinen lieben Wuffi, denn ich weiß, dass er bei Ihnen in guten Händen ist. Vielen Dank!"

Nun hatten wir den kleinen weißen Terrier bei uns in der Wohnung. Unsere Telefonnummer hatte ich ihr auch gegeben, damit sie sich nach ihm erkundigen kann. Mein Mann war alles andere als erfreut über den Zuwachs, auch wenn es nur kurzfristig sein sollte, denn der Hund war als Kläffer und Beißer bekannt. Und mir war von Anfang an klar, dass Rudi, unser geduldiger Berner Sennenhund, alles andere als einverstanden sein würde. Er kommt normalerweise mit allen Lebewesen klar, nur nicht mit Wuffi. Sie hatten schon öfters beim Spaziergang unschöne Aufeinandertreffen. Wenn Rudi nicht so lieb und die Ruhe selbst wäre, wären die Situationen schon früher eskaliert. Zum Glück hatte Rudi noch nichts von all dem bemerkt, denn er hatte sich zum Schlafen in sein kleines Zimmer zurückgezogen.

„Wie stellst du dir das vor?", fragte mich mein Mann.

„Bisher gar nicht. Ja, ich weiß, ich hätte nicht zu-sagen sollen. Aber ich habe es nicht fertiggebracht, bei dem Häufchen Elend, das da vor mir stand."

Ungefähr eine Stunde später klingelte unser Tele-fon.

„Guten Tag, Frau Koch! Hier ist Doktor Kling, ich bin Oberarzt des städtischen Krankenhauses. Wir ha-ben für alle Fälle Ihre Telefonnummer von Frau Schwarz bekommen, die heute bei uns eingeliefert wurde. Wären Sie so nett und würden vorbeikom-men, um den Schlüssel zu ihrer Wohnung abzuho-len?"

„Wozu? Ich kenne sie kaum und bin nicht ver-wandt mit ihr. Vielleicht machen Sie besser ihren Halbruder ausfindig, damit der sich um alles Weitere kümmert."

„Ja... Also eigentlich geht es nur darum, ihr Nachthemden, Zahnbürste und so weiter zusammen-zupacken und herzubringen, denn an das hat sie in ihrer Aufregung nicht gedacht. Sie bekommen von uns auch einen Zettel, auf dem alles steht, was sie für ihren Aufenthalt benötigt."

„Wenn ich ehrlich bin, geht mir das schon etwas zu weit. Ich kenne Frau Schwarz so gut wie gar nicht, da sie sehr zurückgezogen lebt. Und als Fremde in ihre Wohnung gehen, das passt mir überhaupt nicht."

„Sie würden ihr damit sehr helfen und uns ebenso. Bitte überlegen Sie es sich, wir warten auf Sie. Ich danke Ihnen!"

Dann blieb die Leitung still, denn der Arzt hatte einfach aufgelegt. Als ich das meinem Mann erzählte, holte dieser tief Luft, atmete schwer aus und sagte:

„Das macht die ganze Erholung der letzten Tage zunichte. Was haben wir mit der Frau zu schaffen? Aber uns bleibt ja wohl nichts anderes übrig."

Als ich mit dem Schlüssel zurückkam, war mein Mann mit den Hunden spazieren und so ging ich allein zur Wohnung. Als ich den Schlüssel ins Schloss steckte, wurde ich plötzlich nervös und mir war gar nicht wohl bei dem Gedanken, gleich eine fremde Wohnung zu betreten. Ich drehte den Schlüssel und öffnete die Tür. Modriger Geruch schlug mir entgegen. Ich zuckte unwillkürlich zurück. Wann wurde hier das letzte Mal gelüftet? Mit angehaltem Atem stieß ich die Wohnungstür ganz auf und traute meinen Augen kaum.

Im Flur türmten sich links und rechts meterhoch die Zeitungen und Zeitschriften. Ich war zunächst geschockt von dem Anblick. Dann kam mir der Gedanke, dass sie möglicherweise Altpapier sammelte, um sich so eine Kleinigkeit dazuzuverdienen. Ich atmete flach weiter durch den Mund und wollte so schnell wie möglich zu einem Fenster gelangen, um frische Luft in den Mief zu lassen. Rechts war gleich die Küche. Ich stürzte förmlich zu der kleinen Öffnung, um sie aufzureißen und stolperte dabei über einen Hundenapf, der noch voll mit Essen war. Das Trockenfutter verteilte sich daraufhin über den ganzen Boden.

„So ein Mist", fluchte ich, „auch das noch!"

Doch als ich sah, welche Unordnung in der Küche herrschte, vergaß ich sogar für einen Augenblick das Fenster. Die Spüle und die Arbeitsplatte waren über und über mit gebrauchtem Geschirr vollgestellt. Essensreste waren nicht nur in den Tellern und Töpfen, sondern auch auf dem Herd und dem Boden zu finden. Überall leere Dosen, Tiefkühlkost-Verpackungen und jede Menge Weinflaschen. Auf der Fensterbank verwelkten Pflanzen und dazwischen, in keinster Weise dekorativ, lagen Flaschenkorken. Dazu wimmelte es von Fliegen und anderem Getier.

„Was für ein Chaos", dachte ich und öffnete endlich das Fenster.

Nachdem ich frische Luft schnappen konnte, ging es mir gleich etwas besser. Aber was sollte ich jetzt tun? Ich war total durcheinander von dem Anblick. Sollte ich meinen Mann holen?

Aber ich entschied mich dann doch, zuerst das Schlafzimmer zu suchen, damit ich mein ursprüngliches Vorhaben zu Ende bringen konnte, und nicht länger als nötig in dieser Wohnung bleiben musste. Ich kam am Badezimmer vorbei und warf einen Blick hinein. Überall lagen Kleidungstücke und die Dusche war bis oben hin voll mit gefüllten Plastiktüten. Jede Menge Zahnbürsten, Zahnpastatuben und Cremedosen lagen auf dem Regalbrett unter dem Spiegel. Das Waschbecken strotzte nur so vor Kalk und Dreck. Alles war total durcheinander, eine Unordnung die seinesgleichen sucht. Unzählige Silberfischchen huschten über den Boden.

„Beile dich, du musst hier raus. Das ist doch alles nicht normal, womöglich sind hier auch Kakerlaken. Igitt...", dachte ich und ging ins nächste Zimmer.

Das Wohnzimmer sah aus wie eine Müllhalde. Nur ein schmaler Weg war frei, um zur Couch zur gelangen. Ansonsten war jeder kleine Zentimeter belegt: Hier stapelten sich alte Elektrogeräte, dort die schon bekannten Plastiktüten mit undefinierbarem Inhalt. Eine Gitarre mit abgerissenen Saiten lag ganz oben auf einem der Haufen. Der Fernseher im Wohnzimmerschrank war nur zur Hälfte zu sehen. Die andere Hälfte wurde von jeder Menge Decken verhüllt.

„Wie kann man hier leben?" dachte ich.

Den stechenden Geruch hatte ich kurzfristig vergessen. Als er mir wieder bewusst wurde, ging ich sofort weiter und landete schließlich im Schlafzimmer. Auf der einen Seite des Doppelbetts stapelten sich Berge von Kleidungsstücken, die andere Seite war so gut wie frei davon. Ich lief schnell zum Kleiderschrank und öffnete ihn. Vom Inhalt war nicht wirklich etwas zu sehen, denn alles, auch Kleidung auf Bügeln, war in Plastiktüten verpackt. Wie sollte ich hier nur etwas finden? Dann nahm ich spontan eine Tüte aus dem linken mittleren Regalfach. Ich öffnete den Beutel, zum Vorschein kam eine weitere Tüte, in der noch eine Tüte steckte.

„Die Tüte in der Tüte, was für ein Schwachsinn ist das denn?" dachte ich.

Letztendlich, nach drei Tüten, kam der wahre Inhalt zutage. Leider war es kein Nachthemd, sondern ein ausgeblichener Männerpullover.

„Das hat so keinen Sinn. Ich werde in der Passage nebenan die benötigten Sachen kaufen gehen. Etwas anderes hat sowieso nicht mehr geöffnet", murmelte ich vor mich hin und verlies so schnell ich konnte die Wohnung.

Das offene Küchenfenster hatte ich vergessen, doch das war egal. Nun berichtete ich die ganze Sache meinem Mann. Der war außer sich:

„Das ist ja der pure Horror! Was machen wir jetzt? Und das mit dem Wuffi ist auch eine Zumutung. Der kläfft alle Passanten an und geht ständig auf Rudi los."

Er erzählte mir, was sich alles ereignet hatte, während ich weg war. Wir waren uns einig, dass wir etwas unternehmen mussten.

So fuhr ich zum Krankenhaus. Leider konnte mir der Oberarzt keine Auskunft über den Gesundheitszustand seiner Patientin geben. Da ich keine Verwandte war, erfuhr ich lediglich, dass sie mittlerweile auf die Intensivstation verlegt wurde. Doch ich bekam die Telefonnummer vom Halbbruder, der inzwischen gefunden und auch verständigt war. Nur wollte dieser nichts davon wissen, nicht einmal zu Besuch kommen.

„Das ist irgendwie nicht fair", sagte ich zu dem Arzt, „und wenn Sie wüssten, wie verwahrlost die Wohnung der alten Dame ist. Sie scheint sich nach dem Tod ihres Mannes richtig gehen gelassen zu haben. Es sieht aus wie auf einer Müllkippe."

Ich schilderte dem Arzt, was ich in ihrer Wohnung vorgefunden hatte.

„Auch ihr Hund ist eine Katastrophe. Der ist echt nicht normal. Sowas von aggressiv und beißwütig, das habe ich noch nie erlebt. Der kann nicht bei uns bleiben, sonst haben wir über kurz oder lang Probleme mit unserem eigenen Hund."

„Ich kann Ihnen nur sagen, dass Schicksalsschläge oft dazu führen, dass Menschen Zwänge entwickeln. Vor allem Ältere. Sie beginnen damit, Dinge zu sammeln und können sich von nichts mehr trennen", antwortete der Arzt ruhig. „Sie klammern sich an Objekte, bauen zu den Gegenständen emotionale Beziehungen auf und vereinsamen zunehmend. Kaufen und Sammeln ist mit positiver Erinnerung verbunden. In gewisser Weise belohnt man sich damit. Sie sind ein symbolischer Ersatz für einen Verlust und geben der Personen eine Art Sicherheit. Die äußere Unordnung spiegelt das innere Chaos wieder. Mit anderen Worten: Frau Schwarz ist ein Messie. Vielleicht haben Sie den Ausdruck schon einmal gehört. Es gibt im Fernsehen auch Sendungen darüber. Ohne psychologische Hilfe ist da nichts auszurichten. Ich will damit sagen, dass Sie selbst da nichts machen können."

„Na gut. Vielen Dank für Ihre Ausführungen. Bitte rufen Sie mich an, wenn sie Besuch empfangen kann. Der Bruder muss aber den Hund nehmen."

Vom Arzt kam keine Antwort mehr, da er zu einem Notfall gerufen wurde. Ich ging wieder nach Hause. Nachdem mein Mann mit dem Halbbruder gesprochen hatte, war klar, dass uns dieser nicht helfen würde. Wir verfrachteten den Hund kurzentschlossen ins Auto und fuhren zum nächstgelegenen Tierheim. Dort wurde der Hund aufgenommen, wenn auch widerwillig.

Wie es mit Frau Schwarz weiterging erfuhren wir nicht mehr. Im Haus wurde sie nie wieder gesehen. Die Wohnung wurde vom Besitzer geräumt und nach aufwändiger Sanierung neu vermietet.

Der Anruf

Das kann doch nicht wahr sein!", ruft Gerlinde genervt. "Das ist jetzt der dritte Anruf in nur einer Stunde! Wieso habe ich eine Geheimnummer, wenn jeder Idiot hier anrufen kann? Und doch nehme ich ab, obwohl ich mir eigentlich geschworen habe, das Telefon klingeln zu lassen."

Ungehalten springt sie von der Couch auf, geht in den Flur zum Telefon, nimmt den Hörer ab und wettert los:

"Was erlauben Sie sich? Dreimal anzurufen und es dann auch noch so lange klingeln zu lassen. Das ist eine Unverschämtheit. Woher haben Sie eigentlich meine Nummer? Ich stehe nicht ohne Grund nicht im Telefonbuch."

Die Frauenstimme am anderen Ende meldet sich eingeschüchtert und mit leiser Stimme:

„Guten Tag, Frau Pfeffer. Sie sind doch Gerlinde Pfeffer?"

„Wer will das wissen? Ich gebe keine Auskunft darüber."

Zögerlich kommt die Antwort: „Also wissen Sie, ich bin vom Friedhofsamt und ..."

„Vom Friedhofsamt? Ist das eine neue Abzock-Masche?", unterbricht Gerlinde die Frau.

„Natürlich nicht!", entgegnet die Stimme am anderen Ende der Leitung sofort entrüstet.

„Nun, das müssen Sie mir erstmal glaubhaft beweisen."

„Ich weiß im Augenblick nicht, wie ich das am Telefon bewerkstelligen kann, aber mein Name ist Kunz und ich wollte Sie darüber informieren, dass Ihr Onkel, Herr Salz, vor einem Monat verstorben ist."

„Jetzt hören Sie mir mal gut zu. Ich habe keinerlei Verwandten mehr, die sind schon alle tot. Es muss sich um eine Verwechslung handeln."

„Nein, es ist keine Verwechslung, wenn Sie Gerlinde Pfeffer, geboren am 09.08.1955 in Berlin, sind."

„Ja, also die Daten stimmen... Aber woher haben Sie meine Telefonnummer?"

„Die Recherche war etwas langwierig. Aber letztendlich hat Sie die Meldebehörde gefunden und mir Ihre Adresse mitgeteilt. Daraufhin hat mir die Telefongesellschaft, aufgrund dieses besonderen Falls, Ihre Nummer gegeben."

„Und jetzt? Ich habe keinen Onkel mehr gehabt, da kann also etwas nicht stimmen. Meinen Sie nicht auch?"

„Das sieht wohl so aus. Allerdings wurde er im Grab Ihrer Tante beerdigt."

„Wie bitte! Das Grab existiert doch gar nicht mehr."

„Doch, es war der ausdrückliche Wunsch Ihres Onkels. Er hatte deswegen die letzten Jahre die Kosten dafür übernommen."

„Jetzt verstehe ich gar nichts mehr."

„Ich oder besser gesagt das Friedhofsamt sucht nun jemanden, der sowohl die Beerdigungsauslagen als auch die zukünftig anfallenden Kosten übernimmt. Das wären dann Sie."

„Ich? Wieso soll ich dafür bezahlen, wenn ich nicht einmal weiß, ob das tatsächlich mein Onkel gewesen ist?"

„Ja, da haben Sie natürlich Recht, aber trotz allem werde ich Ihnen die entsprechenden Unterlagen zukommen lassen, die Sie dann bitte ausfüllen und zurückschicken. Zum Abschluss des Gesprächs wollte ich noch sagen, dass ich nur einmal bei Ihnen angerufen habe. Ich lasse zwar oft länger klingeln, aber wenn ich jemanden nicht erreiche, dann versuche ich es am nächsten Tag wieder. Dies zu meiner Entschuldigung. Trotz all der Aufregung wünsche ich Ihnen noch einen schönen Tag!"

„Da legt die einfach auf! Toll, und was mache ich jetzt?", fragt sich Gerlinde, geht langsam zurück zu ihrer Couch und setzt sich gedankenverloren fast daneben.

„Warte ich jetzt einfach ab, welche Unterlagen eintreffen werden? Gehe ich auf den Friedhof, um mich zu vergewissern? Ob wohl mein entfernter Cousin noch lebt, den ich fragen könnte?"

Mit „*So ein Blödsinn aber auch!*", verwirft Gerlinde den letzten Gedanken, denn sie hat schon jahrzehntelang nichts mehr von ihm gehört und ist sich deshalb nicht sicher, ob er noch am Leben ist.

„Muss ich mir jetzt einen Defektiv suchen? Bin ich das meiner Tante schuldig?"

Ihr Gedankenkarussell wir durch das Klingeln des Telefons unterbrochen. Sie zuckt erschrocken zusammen und denkt: „Nicht schon wieder... Was ist das nur für ein Tag?"

Trotzdem geht sich erneut zum Telefon, um den Höher abzunehmen.

„Ja, wer ist da?"

„Guten Tag werte Dame, wir führen eine Umfrage durch und haben per Zufallsgenerator Ihre Nummer gewählt. Habe Sie ein paar Minuten Zeit?"

„Theoretisch ja, aber ich nehme generell an Umfragen nicht teil und habe meine Nummer auch eigentlich nirgendwo angegeben. Wie kommen Sie also dazu?"

„Das ist so: Die Vorwahlen werden ausgewählt und dann wird eine beliebige Nummer vom Computer vergeben. In dem Fall eben Ihre. Da die Sache anonym ist, ist das normalerweise auch kein Problem. In der Umfrage geht es um die Freizeitgestaltung der

Bundesbürger. Würden Sie uns ein paar Fragen beantworten? Es dauert ungefähr fünf Minuten."

„Hören Sie, mir ist im Moment nicht nach Fragen beantworten. Ich lege jetzt auf. Guten Tag."

Auf dem Weg zur Couch murmelt Gerlinde vor sich hin: „Wenn das so weitergeht, dann drehe ich noch durch. Ich will doch eigentlich nur meine Ruhe haben. Jedenfalls zahle ich nichts, warum auch. Das kann nicht mein Onkel sein, das hätte ich gewusst. Meine Tante mütterlicherseits war doch gar nicht verheiratet. Irgendetwas stimmt da nicht... Aber was?"

Gerlinde schaltet den Fernseher ein und versucht, sich damit abzulenken, aber es gelingt ihr ganz und gar nicht. Als es dann schließlich auch noch an der Haustür klingelt, springt sie genervt auf und stürmt zur Tür. Über die Sprechanlage erfährt sie, dass es ein Postbote ist, der ein Einschreiben für sie hat. Sie öffnet die Türe und nimmt den Briefumschlag entgegen, nachdem sie dafür unterschrieben hat. Verblüfft findet Gerlinde darin das Schreiben eines Notars:

„Sehr geehrte Frau Pfeffer, zur Klärung von einem Eigentumsverhältnis, bitten wir Sie, in unserer Kanzlei vorzusprechen. Bitte vereinbaren Sie einen Termin mit unserer Assistentin. Hochachtungsvoll, gez. Notar, unleserliche Unterschrift".

„Was soll denn das nun wieder?", denkt Gerlinde. „Ich habe kein wertvolles Eigentum, nicht einmal ein Auto. Am besten frage ich gleich mal nach, um was es geht, bevor ich mir jetzt noch mehr Gedanken mache."

Gesagt, getan, aber die Assistentin weiß nichts Näheres und so vereinbart Gerlinde einen Termin für die Folgewoche. Als sie sich wieder vor den Fernseher setzt, weiß sie plötzlich, was sie zu tun hat: Sie muss herausfinden, ob ihre Tante verheiratet war.

Am nächsten Tag geht Gerlinde zum Standesamt der Stadt. Nach einer langen Wartezeit wird sie schließlich aufgerufen. Sie muss sich ausweisen und nach einigen Minuten des Wartens wird ihr gesagt, dass darüber keine Unterlagen vorliegen.

„Ganz ehrlich: Hatte ich etwas Anderes erwartet?", denkt Gerlinde, als sie das Amt wieder verlässt, um anschließend auf den Friedhof zu gehen.

Eine Stadtbahn bringt Gerlinde direkt vor den Eingang. Sie kann sich nur bedingt erinnern, wo sich die Grabstätte befindet. Nach einigen Fehlschlägen in den falschen Reihen wird sie doch noch fündig. Es ist kein Grabstein vorhanden, nur ein kleiner gelber Hinweispfeil aus Holz, der in der Erde steckt. Dieser lässt den Schluss zu, dass hier vor kurzem eine Beerdigung gewesen sein muss. Die Frage ist nur, von wem, denn es ist nur ein Datum und kein Name zu erkennen. Auf dem Grab liegt ein großes Gesteck mit schönen gelben Astern.

„Jetzt wird es ja noch interessanter. Wer hat das Gesteck gebracht? Da gibt es scheinbar doch jemanden, der sich um das Grab kümmert. Warum hat man mich dann ausfindig machen müssen?"

Irritiert verlässt sie den Friedhof und macht sich auf den Weg nach Hause. Im Briefkasten findet sie das Schreiben der Friedhofsverwaltung.

„Das ging aber schnell. Ja klar, es geht ums Geld", murmelt Gerlinde vor sich hin, während sie zu ihrer Wohnung im ersten Stock geht.

Dort öffnet Gerlinde den Umschlag und wie sie die Frau am Telefon schon vorgewarnt hatte, wird sie aufgefordert, sich innerhalb von zwei Monaten zu äußern, ob sie die Kosten für die Beerdigung und das Grab übernehmen will. Jetzt ist guter Rat teuer, denn Gerlinde hat niemanden, den sie fragen könnte, wie sie nun weiter vorgehen könnte. So beschließt sie noch etwas abzuwarten, bis sie wieder in der Lage sein wird, eine Entscheidung zu treffen.

In der nächsten Woche geht Gerlinde mit gemischten Gefühlen zu dem vereinbarten Notar-Termin. Ihr kam die ganzen Tage über keine Idee, was es mit dem Ganzen auf sich haben könnte und sie mochte generell keine Überraschungen. Nach einer kurzen Wartezeit wird Gerlinde ins Büro des Notars gebeten.

„Guten Tag, Frau Pfeffer. Ich bin Herr Hinz. Gleich vorweg muss ich Ihnen sagen, dass uns ein Fehler unterlaufen ist."

„Gott sei Dank, ich hatte schon das Schlimmste befürchtet!", unterbricht Gerlinde den Notar. „Kann ich gleich wieder gehen?"

„Nein, so schnell dann doch nicht", antwortet Herr Hinz, „in gewisser Weise geht es schon um ein zu klärendes Eigentumsverhältnis: Es handelt sich um eine Testamentseröffnung."

„Was? Wie meinen Sie das?"

„Ja, Frau Pfeffer, Sie haben geerbt. Ich lese Ihnen am besten das Schreiben vor."

Mit so etwas hat Gerlinde nicht gerechnet, ihre Gedanken überschlagen sich, ihre Atmung wird schneller und sie beginnt zu zittern.

„Jetzt beruhigen Sie sich doch, das ist wirklich nichts Schlimmes. Sie haben nichts zu befürchten, schließlich haben Sie die Wahl und können auch ablehnen. Hören Sie einfach erstmal zu. "

Nervös nickend stimmt Gerlinde zu und der Notar beginnt mit der Verlesung:

„Liebe Gerlinde. Auch wenn wir uns nie kennengelernt haben, erlaube ich mir, dich mit du und Vornamen anzusprechen. Wenn dir der Brief vorgelesen wird, weile ich nicht mehr unter den Lebenden. Ich bin sozusagen der Mann deiner Tante. Sozusagen deshalb, da wir nie richtig geheiratet haben. Aber, wir waren in Las Vegas und haben uns dort das Ja-Wort gegeben. Das war zwei Jahre vor ihrem Tod, als sie die Nachricht über ihre Krebserkrankung bekam und wusste, dass sie nicht mehr lange zu leben hat.

Da sie nicht wollte, dass sie alle für verrückt halten, hat sie niemanden davon erzählt und mir hat sie es verboten. Jetzt ist der Tag gekommen, an dem es zumindest du erfährst. Zufälligerweise heiße ich auch Salz und so hat niemand Verdacht geschöpft, als ich die Friedhofskosten und den Gärtner bezahlt habe. Jetzt kann ich das nicht mehr tun und bitte daher Dich, dies zu übernehmen. Um dir die Entscheidung einfach zu machen, vererbe ich dir meine Wohnung und mein Haus auf Sylt, sowie meine gesamten Ersparnisse. Ich wünsche dir alles Gute für dein weiteres Leben. Dein Hubert Salz."

Der etwas andere Sonntag

Der Sonntag gehört den Faulen. Dies ist seit jeher Familienmotto. Luka, unbestreitbar Sohn seines Vaters, hält es auch diesmal so: Er schläft lange, macht sich gegen Mittag einen Kaffee mit seiner Kapselmaschine und schnell liegt er wieder im Bett. Der Kaffee war zu stark zum Weiterschlafen, sodass er sich mit seinem Tablet beschäftigt und einigen Neuerwerbungen aus dem Unterhaltungssektor des App Stores frönt.

Nachdem er sich einige Partien warmgespielt hat, bleibt er doch wieder an seinem Lieblingsspiel *Zeitpause* hängen. Never change a running system. Er liebt es besonders, da man keinen großen Aufwand betreiben muss, um weiterzukommen und mit der Zeit automatisch immer wieder neue Leben dazugewinnt. Also das perfekte Spiel für einen freien Tag: Nie enden wollender, kurzweiliger Spaß. Das einzig blöde ist, dass während des Spiels immer wieder nervige Werbung aufpoppt, die man wegdrücken muss. Noch schlimmer sind die Videos, die man sich für einige Sekunden anzuschauen hat. Gerade in einer besonders spannenden Passage entlockt das Spiel ihm so den einen oder anderen unanständigen Fluch.

Bald meldet sich dann auch der Kaffee. Er möchte wieder dem Kreislauf des Lebens zugeführt werden. Auf dem Rückweg zum Schlafzimmer schnappt sich Luka noch eine Flasche Bier und – zu seinem eigenen

Verdruss auch eine Tüte Chips. Er sollte sowas einfach nicht mehr kaufen. Wenn er doch wenigstens nach einer Handvoll aufhören könnte... Das ist das berühmte „Chips-Phänomen". Letztens kam darüber etwas im Fernsehen. Oder hatte er das im Internet gelesen? Jedenfalls erfuhr er dort, dass es wohl am Zusammenspiel der Zutaten liegt. Man kann einfach nicht aufhören. Sehr clever, liebe Chips-Hersteller!

Er sagt gern, dass eigentlich nur Chips zwischen ihm und seiner Vorstellung von einem Traumkörper stehen. Doch das glaubt er sich insgeheim selbst nicht. Die faulen Sonntage haben mindestens genauso Schuld. Leicht schnaufend schaut er an seinem nackten Oberkörper herab. Die Chips sind alle, ihm ist schlecht. Er rollt sich wieder aus dem Bett und schlappt zur Küche, gießt sich einen Kräuterschnaps ein. Zur Verdauung. Seine Oma trinkt nie Schnaps, außer nach dem Essen, eben zur Verdauung. So falsch kann sie gar nicht liegen. „Auf dich, Omi!"

Zurück im Bett, stellt er fest, dass ihn jetzt selbst schon sein Lieblingsspiel nervt. Die blöde Werbung macht einen ja ganz wahnsinnig! Wer fällt denn auf sowas rein? *Das ultimative Spiel für Singles – jetzt kostenlos herunterladen!* Wie verzweifelt muss man sein? Am Ende ist gerade mal das downloaden kostenlos und ab dann hat man sofort seine Kreditkartendaten einzugeben. Und wieso überhaupt ein Spiel für Singles? Spielen hat ihm nun wirklich noch nie beim Kennenlernen von Frauen geholfen. Wo ist denn das

Kreuz zum Schließen von dem Mist? Was soll das jetzt?

Nachdem es ihm auch nicht gelingt, das gesamte Spiel zu schließen, klickt er einfach resigniert auf die Werbung. Das Spiel öffnet sich, auf dem Bildschirm laufen Buchstaben durch: *Wir gratulieren Ihnen zu dieser klugen Entscheidung. Bevor Sie die App herunterladen können, benötigen wir noch einige Angaben zu Ihrer Person.*

Ha! Er hat doch gewusst, dass es einen Haken gibt. Ein neues Textbanner erscheint: *Bitte geben Sie hier Ihre E-Mail-Adresse und Ihre Handynummer an.*

Mail, ja ok. Er bekommt auch so schon genug Spam, da fällt eine Nachricht mehr oder weniger auch nicht mehr auf. Aber Handynummer? Nicht dass dann andauernd diese Umfragenonkels bei ihm anrufen... Doch ohne geht es nicht. Sicherheitshalber baut er einen Zahlendreher ein, damit ihm niemand irgendwelche Verträge aufschwatzen kann und klickt auf *Weiter*.

Das Spiel scheint seine Gedanken zu lesen: *In Ihrem eigenen Interesse: Geben Sie nur korrekte Daten ein, sonst können wir Sie im Falle eines Gewinnes nicht benachrichtigen!*

Ein Gewinn? Was gewinnt man denn in einem Spiel für Singles? Einen Gutschein für eine Partnervermittlung?! Wenn *Sie sicher sind, dass Ihre Daten korrekt stimmen, drücken Sie auf „Weiter", um die nächsten Fragen zu beantworten.*

Noch mehr Fragen? Ihm wird es jetzt langsam zu bunt. Allerdings ist noch immer kein Kreuz zum Schließen der Werbung zu finden. Also seufzt er und klickt weiter.

Jetzt noch ein paar kurze Fragen, um ein optimales Ergebnis zu erzielen: Warum sind Sie Single? Welche Eigenschaften mögen Sie an einer Frau? Welche überhaupt nicht? Bitte führen Sie jeweils zehn Punkte an.

Okay. Er hat ja eh nichts Anderes vor. Warum ist er eigentlich Single? Das Übliche: Er hat einfach noch keine gefunden, die zu ihm passt. Blahblahblah. Die darauffolgende Frage bereitet ihm schon mehr Kopfzerbrechen. Was findet er an Frauen gut? Darüber hat er noch nie so genau nachgedacht. Doch was ihm nicht gefällt, weiß er sofort: *Sie darf mich nicht bemuttern und soll auch nicht dauernd hinter mir her putzen. Ganz schlecht ist es, wenn sie nicht kochen kann oder Vegetarier ist, auch soll sie nicht nur Haut und Knochen sein. Sie darf nicht ungepflegt aussehen oder gar langweilig. Frauen, die stundenlang telefonieren und manchmal diese Babystimme aufsetzen finde ich schrecklich! Außerdem sollte sie sich nicht morgens stundenlang im Bad ein neues Gesicht malen müssen, weil sie unzufrieden mit sich selbst ist. Natürlichkeit ist ein Plus!*

Auf den letzten Teil war er besonders stolz. Doch was findet er gut an einer Frau? Eigentlich genau das Gegenteil von dem, was er eben geschrieben hat. Doch das kann er ja schlecht in den dazugehörigen Kasten tippen. Nach einigem Überlegen fängt er an:

Sie muss intelligent sein und schönes, gepflegtes Haar haben. Außerdem muss sie mich zum Lachen bringen können und auch ein guter Kumpel sein, keine Diva. Wichtig ist mir auch, dass sie kommunikativ und vor allem natürlich ist! Ein Vorteil wäre, wenn sie vielseitig interessiert ist und gern über den Tellerrand schaut.

Er überlegt lange, ihm will nichts mehr einfallen. Ist das denn so wichtig? Egal, Hauptsache sie ist gesund...? Nein, das sagt man, wenn man ein Kind kriegt. Die Benutzeroberfläche aktualisiert sich währenddessen öfter. *Sie benötigen noch drei Eigenschaften. Erst dann kann es weitergehen. Sollte Ihnen nichts mehr einfallen, drücken Sie bitte auf „Exit" und alle Daten werden gelöscht.*

So einfach geht das beenden auf einmal? Aber jetzt ist er doch neugierig. Was steckt hinter diesem „Spiel"? Ihm werden doch wohl noch drei Eigenschaften einfallen, mit denen er zumindest halbwegs leben könnte. Also schreibt er *selbstständig, liebevoll*, doch damit fehlt immer noch eine. Auf einmal richtig motiviert ruft er seinen Freund Karsten an, um ihn um Hilfe zu bitten. Er kennt ihn schließlich am besten. Leider landet er nur auf dessen Mailbox. Mist!

Auf dem Display erscheint blinkend ein neuer Text: *Sie haben nur noch eine Minute Zeit für Ihre Eingabe.* Was? Wieso machen die auf einmal so einen Stress? Er fühlt sich richtig unter Druck gesetzt. Sowas kann er gar nicht leiden, weshalb er auch nie etwas spielt, bei dem es um Zeit geht. Letztendlich tippt er *reich*. Das ist ihm zwar eigentlich herzlich egal, da er selbst gut verdient, aber sein Hirn verweigert ihm den Dienst.

Ihre Eingabe ist vollständig. Bitte überprüfen Sie Ihre Antworten und bestätigen Sie, indem Sie auf „Weiter" klicken.

Er bestätigt, doch das Spiel lässt immer noch auf sich warten. *Die letzte Eingabe kann nicht akzeptiert werden, bitte wählen Sie etwas Anderes.*

Hörbar genervt stößt er gepresst Luft aus. Er bekommt das Gefühl, gehörig verarscht zu werden. Mittlerweile ist ihm alles egal, kapitulierend tippt er das fast schon klischeehafte *treu*.

Die Korrektur wird akzeptiert und – endlich, endlich – beginnt der Download. Das Intro erläutert das Spielprinzip: Insgesamt müssen sechs Level ohne Unterbrechung gewonnen werden. Ansonsten hat man verloren und das Spiel ist vorbei. Es gibt keine zusätzlichen Leben, allerdings eine einmalige Bonusfrage, die gestellt wird, wenn ein Level nicht geschafft werden sollte.

Luka drückt die Taste zum Spielstart. Auf dem Bildschirm erscheint ein Viereck, unterteilt in kleine Kästchen. In jedem Kästchen befindet sich ein Tiersymbol. Die Anweisung lautet: *Sammeln Sie die angezeigte Anzahl an Tieren in maximal 40 Zügen.* Zu sammeln sind 30 Schildkröten und ebenso viele Affen. Ein Bild poppt auf welches zeigt, dass immer drei Tiere in eine Reihe gebracht werden müssen.

Easy, denkt Luka. In sowas ist er gut, dieses Prinzip nutzen viele seiner liebsten Spiele. Das erste Level kann er ohne Probleme abschließen. Auch das nächste Level, er muss 40 Papageie erreichen, gelingt ihm im Handumdrehen und in nur einem Drittel der vorgegebenen Züge.

Im dritten Level ändert sich die Aufgabenstellung: *Lassen Sie Gegenstände fallen*, murmelt er laut vor sich hin. Daraus kann er sich nicht viel zusammenreimen. Eine bildliche Erklärung macht ihm dann klar, dass er jeweils vier Vierecke zu einem größeren Block verbinden muss, damit er verschwindet. Das erinnert in stark an Tetris und er denkt, dass auch das kein Problem darstellen wird. Er amüsiert sich über die kleinen Symbole, die wohl – mehr schlecht als recht – Fahrräder und Hanteln darstellen sollen. Zu spät fällt ihm auf, dass in der rechten oberen Bildschirmecke ein Timer runterläuft. So ein Dreck, das geht ja auf Zeit! Schnell legt er los, doch er kann die verstrichene Zeit nicht mehr aufholen und verliert. Fassungslos starrt er auf sein Tablet. Wie konnte das passieren? Dem selbsternannten Spielerchamp?!

Verärgert wie er ist, würde Luka am liebsten das Tablet in die nächste Ecke schmeißen. Doch dann fällt ihm ein, dass er sich durch die Bonusaufgabe ja doch noch retten könnte.

Also klickt er die Nachricht über sein Versagen weg und ihm wird erneut eine Frage gestellt. *Wie bzw. wo verbringen Sie Ihren Urlaub?* Erneut gerät Luka fast außer sich. Wieso wollen die das wissen? Noch besser: Wieso sollte er darauf eine Antwort geben müssen? Ganz einfach: Weil ihn die Spielewut gepackt hat und er wissen will, was der am Ende versprochene Gewinn ist. Da erneut eine Uhr unbarmherzig die Sekunden herunterzählt, entscheidet er sich schließlich für die Antwort *Balkonien*, und dass er eigentlich nie wirklich wegfährt. Home sweet home.

Scheinbar ist das Spiel damit zufrieden, zumindest geht es weiter für ihn. Im nächsten Level hat er unterschiedliche Katzen miteinander zu verbinden. Da das wieder sehr einfach ist, schafft er es ohne Umschweife. Nun muss er das gleiche mit Hundeköpfen machen. Auch das meistert er mit Bravour. So langsam fragt er sich gar nicht mehr, was das Spiel mit Singles zu tun hat. Im letzten und sechsten Level sind Sekt- und Weingläser zu sammeln. Luka denkt sich: Was auch immer. Dabei gerät er etwas in Zeitnot, schafft es aber gerade noch so vor dem Ablauf der Uhr.

Er atmet tief durch. Im nächsten Moment erscheint in bunt blinkenden Lettern *YOU WON!!!* auf dem Bildschirm. Luka stößt einen Jubelschrei aus und lobt sich selbst überschwänglich: „Gut gemacht hast du das, Luka! Bist halt doch ein richtiger Zocker!"

Ein erneuter Blick aufs Display lässt seine Freude verschwinden. *Sie erhalten in einer Stunde einen Anruf von uns. Tatsächlich haben wir in unserer Kartei eine passende Partnerin für Sie gefunden!*

„Bin ich blöd!" schimpft er mit sich selbst, hatte er doch zu Beginn eine falsche Telefonnummer angegeben. Darauf trinkt er noch einen Schnaps. Das muss man schon erstmal verdauen. Doch dadurch wird ihm nur noch klarer, wie sehr er alles vergeigt hat. Eine bleierne Enttäuschung legt sich auf seine Schultern und er hat auf gar nichts mehr Lust. Nicht mal sein Lieblingsspiel kann ihn noch locken. Er liegt stundenlang im Bett und starrt an die Zimmerdecke. Irgendwann schläft er dann ein.

Kurz vor Mitternacht wird er wieder wach und sein erster Blick geht wie immer auf sein Tablet. Die App des Singlespiels hat ihm eine Nachricht geschickt. Er öffnet sie und liest:

Lieber Gewinner,

leider haben wir Sie telefonisch nicht erreichen können und müssen nun davon ausgehen, dass Sie womöglich eine fehlerhafte Telefonnummer angegeben haben. Die Spielregeln besagen allerdings eindeutig, dass alle Angaben korrekt getätigt werden müssen, da wir auf absolute Ehrlichkeit angewiesen sind, um große Erfolge in der Partnervermittlung verbuchen zu können. Deswegen verfällt Ihr Gewinn.

Da wir uns trotzdem über Ihre Teilnahme gefreut haben, erhalten Sie einen Trostpreis von uns, der Ihren Angaben am ehesten entspricht und Ihr persönlich bestes Level wiederspiegelt. Bitte öffnen Sie dazu den Anhang zu dieser Nachricht!

Wir wünschen Ihnen alles Gute und dennoch viel Erfolg bei der Partnerwahl.

Mit freundlichen Grüßen

Ihr Team des ultimativen Spiels für Singles

Luka ist zwiegespalten. Er soll einen unbekannten Anhang öffnen? Was, wenn er sich dabei einen Virus einfängt, der dann alle seine Daten verschlüsselt? Er ist ja auch eher ein vorsichtiger Typ. Andererseits ist er aber auch verdammt neugierig. Er hadert und ringt mit sich, kann sich dann aber doch nicht abhalten und öffnet den Anhang. Total verblüfft liest Luka die zwei Sätze wieder und wieder.

Gutschein über einen Papagei. Abzuholen in der Zoohandlung am Bahnhof.

Ein wichtiger Tag

Der Wecker machte mich wahnsinnig. Bereits mehrfach hatte ich die Schlummertaste gedrückt und konnte mich einfach nicht überwinden, aufzustehen. Ich trieb das Spiel so lang, bis mir endlich einfiel, dass ich einen Termin für ein Vorstellungsgespräch hatte.

Der Schreck war groß und mein Herz raste, es fühlte sich an wie ein Herzinfarkt. Ich war wie gelähmt und schaffte es so erst recht nicht aus dem Bett.

„So ein Mist! Das kann doch nicht wahr sein", dachte ich und konzentrierte mich, um meine Atmung zu beruhigen.

Nach einigen Minuten gelang es mir, mich im Bett aufzurichten. Mein Blick suchte panisch den Wecker. „Oh nein!", es war schon kurz vor zehn. Um halb zwölf war der vereinbarte Termin. In Windeseile zog ich mich an. In der Hektik rissen gleich zwei Strumpfhosen, doch ich hatte mir vorgenommen, trotz Winter und entsprechender Kälte, mein schwarzes Kostüm anzuziehen.

Zeit für einen Kaffee hatte ich keine. Obwohl ich das morgens immer brauche, um einigermaßen fit zu werden, war ich heute so voller Adrenalin, dass eine zusätzliche Tasse mir wahrscheinlich tatsächlich einen Herzinfarkt beschert hätte. Außerdem wusste ich nicht, wie lange ich zu der Firma brauchen würde. In Zeiten des Internets ein schwerer Fehler und dazu kam, dass mein Auto kein Navi besaß. In meinem jugendlichen Leichtsinn hatte ich angenommen, dass ich es schon finden würde. Darüber hinaus hatte ich nicht mit einem ausreichend guten Zeitpuffer gerechnet. Mist.

Es schneite und die Sicht war alles andere als gut. Als ich in der Niederlassung ankam und den Pförtner fragte, wo ich mich melden solle, meinte der nur:

„Junge Frau, hier sind sie falsch. Das Werk ist in einem völlig anderen Stadtteil!"

Ich schaute ihn entgeistert an.

„Sie müssen dieser Straße folgen und dann an der zweiten Kreuzung rechts auf die Hauptstraße abbiegen, nach ein paar Kilometern können Sie es bereits sehen."

Wütend über mich selbst und meine Dummheit bedankte ich mich nicht einmal bei ihm, sondern rannte, wie von einer Tarantel gestochen, zurück zu meinem Auto. Trotz aller Eile kam ich zu spät.

„Jetzt habe ich sowieso schon verloren", dachte ich, als mich die Sekretärin in ein Besprechungszimmer brachte.

Dabei benötige ich den Job unbedingt. Ich wollte nicht länger arbeitslos sein.

„Du blöde Kuh" sagte ich laut, als plötzlich die Tür aufging.

„Wie bitte?", sagte der hereinkommende Mann verdutzt.

„Oh, damit meinte ich auf keinen Fall Sie", beeilte ich mich zu sagen.

„Na gut. Gestatten Sie, dass ich mich vorstelle. Mein Name ist Viktor Aal, ich bin der Personalchef dieser Firma."

„Guten Tag, ich bin Susanne Haßdenteufel. Bitte entschuldigen Sie meine Verspätung."

„Sie haben Glück, unser Geschäftsführer ist noch in einer Besprechung, kommt aber gleich zu dem Gespräch dazu."

Erleichtert atmete ich tief durch. Meine Aufregung steigerte sich, als sich die Tür ein weiteres Mal öffnete und der Geschäftsführer sich mir als Robert Weber vorstellte

„Jetzt kommt es darauf an, gib alles!", machte ich mir selbst gedanklich Mut.

„Ihr Name ist recht außergewöhnlich. Bereitet er Ihnen im Alltag Probleme?", fragte Herr Weber.

„Ich muss den Namen öfter wiederholen, weil viele denken, sie hätten ihn falsch verstanden. Wenn ich ehrlich bin, mag ich den Namen überhaupt nicht. Aber was soll ich tun?", fragte ich schulterzuckend.

„Am besten heiraten", erwiderte Viktor Aal schmunzelnd.

„Das wäre eine Möglichkeit, in der Tat! Allerdings fehlt dazu der passende Partner."

„Kommen wir nun zum eigentlichen Thema. Erzählen Sie erst einmal etwas über sich und Ihre bisherigen beruflichen Erfahrungen."

Ich berichtete von meinem Studium, dem dazugehörigen Praktikum und meinen Nebenbeschäftigungen zur Finanzierung des Ganzen, weil meine Eltern mich nicht unterstützen konnten. Am Schluss erzählte ich von meinem letzten Job und der Firmenpleite meines damaligen Arbeitgebers, die mich letztendlich arbeitslos gemacht hat.

„Trugen Sie eine Mitschuld?"

„Wo denken Sie hin! Ich habe alles in meiner Macht stehende getan, um es zu verhindern. Aber wenn Kunden auf Grund von Fehlern und Reklamationen nichts oder nur noch zögerlich bestellen... Da waren mir die Hände gebunden. Ich war untröstlich, aber so kann es eben laufen."

„Wo liegen Ihre Stärken? Und worin sehen Sie Ihre Schwächen?"

Ich sagte den beiden Herren, dass ich erfolgsorientiert und zuverlässig arbeite und untermauerte es mit passenden Beispielen. Als Schwäche erwähnte ich meine Ungeduld und dass mir diese manchmal im Weg steht.

„Weshalb sollten wir ausgerechnet Sie einstellen?"

„Ich bin genau das, was Sie suchen. Zudem bin ich – wie schon erwähnt – ungebunden und dadurch äußerst flexibel, was Arbeitszeiten und den Arbeitsort angeht."

Es folgten weitere Fragen, alles in allem glich es einem Verhör. Doch fühlte ich mich wohl und konnte mit bedachten Antworten punkten.

Nach einiger Zeit teilte man mir mit, dass gleich noch eine Videokonferenz mit Amerika stattfinden würde. Der oberste Chef, der letztendlich die Entscheidung treffen würde, wartete in der Firmenzentrale in Chicago auf unseren Anruf.

„Jetzt auch noch Englisch!", mir lief ein Schauer über den Rücken und Angst stieg in mir auf.

Wir betraten einen Nebenraum mit großer Video-Leinwand und meine Nervosität stieg ins unermessliche. Die Hände zitterten und meine Atemfrequenz beschleunigte sich. Kaum hatte ich mich gesetzt, erschien auf der Leinwand der Konzernchef, der mich freundlich auf Englisch begrüßte und mich gleich intensiv zu befragen begann. Die nächsten Minuten vergingen wie im Flug. Mein Hirn setzte völlig aus, ich antwortete und fragte wie in Trance. Irgendwann verabschiedeten wir uns und das Bild verschwand. Völlig erschöpft sackte ich in mich zusammen, hörte von weit weg, wie Herr Aal mich fragte:

„Woher können Sie so gut Englisch?"

Ich blickte fassungslos zu ihm.

„Weiß ich auch nicht", war alles, was mir über die Lippen kam.

Dabei dachte ich nur: „Das kann gar nicht sein, ich habe doch bestimmt wie in der Schule nur Müll geredet und mit Sicherheit unzählige Grammatikfehler gemacht."

Die Herren verabschiedeten sich von mir und Herr Aal rief hinterher:

„Sie hören von uns!"

Ich ging langsam zum Auto und ließ meine Gedanken schweifen. Ob ich wohl Erfolg haben würde?

Die Überraschung

Leise, melodische Töne klingen an ihr Ohr. „Wie schön sich das anhört", denkt Marga, lauscht der Musik und kuschelt sich tiefer in ihr Kopfkissen.

„Doch wo kommt das her?"

Trotz der wohligen Wärme ihres Bettes breitet sich ein Angstgefühl in ihrer Magengegend aus. Sie traut sich kaum die Augen aufzumachen. Dann setzt sie sich aber kurzentschlossen mit einem Ruck auf. Der Mond leuchtet sehr hell durch das Fenster. Das beruhigt sie, da sie so den Raum gut im Blick hat. Rechts neben ihr im Bett liegt ihr Mann Günther, aber das Zimmer ist ihr gänzlich fremd. Es ist spärlich eingerichtet: Abgesehen vom Bett sind ein antiker Kleiderschrank, ein einfacher Tisch, zwei Holzstühle und eine Stehlampe mit besticktem Lampenschirm die einzigen Möbel.

„Was ist das nur für Musik?", denkt Marga. „Soll ich Günther wecken? Ach was, wozu, der wird sonst nur wütend. Außerdem ist gerade nichts mehr zu hören." Und so legt sie sich einfach wieder schlafen.

Kurze Zeit später wird sie erneut wach und geht eine lange Treppe hinunter, die am unteren Ende eine Kurve macht. Die Wände und Stufen sind dunkel. Ein schwacher Lichtstrahl sorgt dafür, dass sie nicht stolpert. Fast unten angekommen hört sie die Worte

„Huh… Huh…" zu ihr hochschallen. Sie zuckt zurück und bleibt stehen. Sofort ertönen erneut Rufe:

„Huhu, Huhu, Huhuu!"

Marga ist völlig irritiert. „Was ist das? Und was hat es zu bedeuten?"

Sie geht trotzdem die letzten Stufen hinunter. Vor ihr baut sich eine Gestalt auf.

„Hast du keine Angst?"

„Vor was?"

„Vor mir! Ich bin ein Geist."

„Nein, ich habe keine Angst, du siehst nicht aus wie einer. Und überhaupt existieren Geister nicht."

„Was bin ich dann?"

„Keine Ahnung, eine Sinnestäuschung? Theoretisch sind Geister weiß und haben große, schwarze Augen. Du bist gelb, mit kleinen roten Augen."

„Ich bin aber ein Geist, auch wenn ich optisch vielleicht nicht in deine Vorstellungen passe. Schau, ich kann schweben und durch die Wand gehen."

Erstaunt schaut Marga dem Wesen zu, wie es scheinbar schwerelos verschwindet und gleich darauf wieder vor ihr steht.

„Das gibt es nicht! Wie machst du das?"

„Das weiß ich nicht."

„Was machst du dann so die ganze Nacht?"

„Ich spuke im Haus umher und erschrecke die Anwesenden."

„Wozu soll das gut sein? Hast du nichts Besseres zu tun?"

„Nein, das ist meine Aufgabe. Mehr kann ich nicht."

„Wer hat dir gesagt, dass du das tun sollst?"

„Niemand."

„Du machst das alles von dir aus? Macht dir das Spaß?"

„Wenn ich ehrlich bin: Schon lange nicht mehr. Am Anfang war das noch ziemlich witzig und ich habe mit Freude erschreckt und vergrault. Doch heute ist es Routine und ich muss mich dazu regelrecht zwingen."

„Warum hörst du dann nicht damit auf?"

„Ach, wenn das nur so einfach wäre! Ich bin gefangen in diesem Haus. Wenn ich nur wüsste, wie ich überhaupt hierhin gekommen bin."

„Das weißt du nicht? Dann wird es doch Zeit, etwas dagegen zu unternehmen!"

„Was denn, willst du mich befreien?"

„Könnte ich das denn?"

„Ja, indem du mich mit nach draußen nimmst."

„Und dann?"

„Dann wäre ich frei."

„Na das klingt doch ganz einfach."

„Nein, leider ist es das nicht. Mein Platz ist hier. Aber in meiner Wunschvorstellung bin ich in der Natur, unterwegs auf Wiesen und in Wäldern, ohne räumliche Beschränkungen. Es könnte vielleicht klappen... Wenn ich dir einen Wunsch erfülle."

„Mir einen Wunsch erfüllen? Wie soll das gehen?"

„Ich besitze übernatürliche Fähigkeiten. Eine Hand wäscht die andere: Du hilfst mir und ich dir!"

„Ach, Wünsche habe ich viele..."

„Es muss ein besonderer Herzenswunsch sein, nichts Materielles."

„Wenn ich es recht überlege, dann wäre ich gern wieder 30 Jahre jünger."

„Wieso denn das?"

„Wenn du die Zeit zurückdrehst, dann könnte ich ein anderes Leben leben. Einen anderen Mann heiraten. Einen ohne Glatze und Bierbauch. Einen der nicht schnarcht. Am liebsten wäre mir dieser eine Schauspieler, der meinem Mann so ähnlich sieht."

„Ich weiß, wen du meinst, aber der trägt in den Filmen ein Toupet und ein Korsett."

„Wirklich? Ach Quatsch, das stimmt nicht! Du lügst mich an."

„Nein, wieso sollte ich das tun? Ich wollte dir nur sagen, dass nicht immer alles so ist, wie es scheint."

„In Ordnung. Ich kann es mir immer noch nicht vorstellen... Egal! Ich würde aber auch gerne kirchlich und vor allem prunkvoll in Weiß heiraten. Das will ich schon seit ich ein Teenager bin. Aber meinen Mann interessiert das überhaupt nicht."

„Das ist alles, was du im Leben versäumt hast?"

„So kann man das nicht sagen, aber du hattest nach einem Herzenswunsch gefragt."

„Wunder können geschehen. Doch manchmal ist es besser, es bei Illusionen zu belassen."

„Wie meinst du das?"

„Wenn du willst, dann erfülle ich dir deinen Traum. Im Gegenzug musst du mich hier herausholen. Ich verstecke mich in deiner Tasche."

Einige Zeit später klopft es an der Zimmertür. Marga wacht sofort auf und sieht, dass sich die Tür langsam öffnet. Ihr Herz beginnt wild zu klopfen und sie setzt sich schnell auf. Eine Frau in einem blauen Kleid mit weißer Schürze kommt herein:

„Zimmerservice, Ihr bestelltes Frühstück!"

Irritiert schaut Marga sie an.

„Ich wüsste nicht, dass wir das bestellt haben."

Sie schaut zu ihrem Mann im Nebenbett, doch der ist nicht da. Ein großer Schreck durchfährt sie.

„Das kann doch nicht wahr sein!", denkt sie.

„Darf ich das Tablett auf den Tisch stellen?", fragt die Frau verunsichert.

„Ja", antwortet Marga knapp. Ihr ist inzwischen ganz unwohl geworden.

Die Frau verschwindet und Marga sitzt fassungslos im Bett.

„Das habe ich so nicht gewollt", murmelt sie vor sich hin.

„Was wolltest du nicht?", wird sie von Günther gefragt, der plötzlich im Bademantel neben ihr steht.

Marga zuckt erschrocken zusammen.

„Wo kommst du denn auf einmal her? Du schnaufst ja wie ein Walross", sagt sie schnell.

„Ich war im Schwimmbad. Die vielen Treppenstufen haben mich etwas geschlaucht. Schon interessant, was das urige Hotel so alles zu bieten hat. Früher war das sicher mal der Weinkeller."

„Ja, es ist ganz nett hier. Jedenfalls mal etwas ganz was anders. Hast du das Frühstück bestellt?"

„Ja, gestern Abend noch."

„Warum hast du nichts gesagt?"

„Es sollte eine Überraschung werden. Wir haben doch heute unseren Hochzeitstag."

„Du hast ihn dieses Mal nicht vergessen?" Marga ist ganz hin und weg. „Wie kommt denn das?"

„Nachdem ich die letzten Jahre nie dran gedacht habe, hat mich mein Handy diesmal rechtzeitig daran erinnert. Und es ist ja auch ein doppelt besonderer Tag, da es ein rundes Jubiläum ist."

„Du überraschst mich sehr und ich freue mich darüber," flüstert Marga gerührt.

„Ich habe auch noch einen Blumenstrauß für dich."

Er geht zum Schrank, öffnet diesen und zaubert einen riesigen Strauß Rosen hervor. Marga strahlt über das ganze Gesicht. Mit so etwas hatte sie nicht gerechnet.

„Komm, lass uns frühstücken, sonst wird der gute Kaffee kalt. Und währenddessen kann ich dir meine zweite Überraschung mitteilen."

„Noch eine Überraschung?", wiederholt Marga neugierig.

„Ich weiß gar nicht, wie ich dir das jetzt sagen soll, denn eigentlich hätte ich dich vorher fragen müssen."

„Jetzt rede nicht um den heißen Brei herum. Sag einfach, was los ist."

„Na gut. Wir gehen nachher noch in die Stadt."

„Das ist ja jetzt nicht besonderes."

„Lass mich doch mal ausreden. Dort gehen wir in einen speziellen Laden und du musst etwas anprobieren."

„Ich brauch keine neuen Klamotten, mein Schrank platzt so schon aus allen Nähten."

„So etwas hast du aber noch nicht. Es geht um ein…" er stockt kurz bevor er weiterspricht. „Also es ist ein Brautkleid."

Marga ist baff und sagt kurze Zeit nichts. Günthers Gesichtszüge werden unsicherer.

„Das ist doch nicht dein Ernst, oder?" Sie muss blinzeln, um die Tränen zurückzuhalten.

„Doch, das ist genauso gemeint, wie ich es gesagt habe. Und heute Nachmittag haben wir einen Termin in der kleinen Kapelle hier im Bergdorf."

„Wow, das hätte ich in meinen kühnsten Träumen nicht erwartet. Was ist denn mit dir los? Hast du ein schlechtes Gewissen?"

„Nein. Ich habe nur festgestellt, dass ich dich noch immer liebe und dir deshalb einen deiner größten Wünsche erfüllen will."

„Ich weiß gar nicht, was ich sagen soll. Einerseits finde ich es toll aber andererseits weiß ich nicht, was unsere Kinder darüber denken, wenn sie nicht dabei sein werden."

„Die sind doch alle schon erwachsen, wo ist das Problem?"

„Ich denke, dass sie uns dies ihr Leben lang nicht verzeihen werden, weil sie sich ausgeschlossen fühlen."

„Ach was, Blödsinn! Sie werden es schon verstehen."

„Wenn du meinst. Ich glaube nicht."

„Soll ich alles wieder abblasen?"

„Ich weiß nicht so recht, denn eigentlich war das schon immer ein Traum von mir. Das nächste Mal fragst du mich aber bitte vorher und triffst solche Entscheidungen nicht im Alleingang. Das wollte ich dir schon so oft sagen. Mich stört, dass du mich immer vor vollendete Tatsachen stellst und mich in Entscheidungen über Dinge, die uns beide betreffen, nicht mit einbeziehst."

„Wirklich? Das wusste ich nicht. Ich dachte, dir würde es gefallen, wenn ich dir so manches abnehme. Aber wenn du in Zukunft alles besprechen willst, dann soll es so sein. Du bist eine ganz besondere Frau für mich und das sollst du auch jeden Tag spüren."

„Das hast du schön gesagt. Komm, lass uns zu Ende frühstücken und dann deinen Plan in die Tat umsetzen."

Verstohlen schaut Marga in ihre Handtasche, kann aber nichts Ungewöhnliches darin entdecken.

„Hörst du das Windspiel?", fragt Günther. „Es hängt gleich vor dem Fenster und klingt irgendwie außergewöhnlich."

„Ja, ich sehe es. Die einzelnen Teile sind sehr originell und der schöne Klang ist mir auch schon aufgefallen", antwortet sie abwesend, denn in Gedanken erinnern sie die Töne an die Musik der vergangenen Nacht. Ob es doch kein Traum war und der Geist jetzt frei ist?

Das Geschenk

Zum Geburtstag viel Glück, zum Geburtstag viel Glück, zum Geburtstag liebe Lea, zum Geburtstag viel Glück!"

Das war das Ständchen für mich zu meinem fünfzigsten Wiegenfest. An die zwanzig Gratulanten hatten den Weg in das von mir ausgesuchte Restaurant in der Innenstadt gefunden. Wir standen im Vorraum bei einem Glas Sekt und alle prosteten mir zu.

„Ich freue mich sehr, dass ihr alle zu meinem Ehrentag kommen konntet. Die Zahl Fünf gemeinsam mit einer Null ist schon etwas Besonderes. Die meisten von euch kennen sich untereinander. Setzt euch daher so, wie ihr wollt. Es gibt keine vorgegebene Sitzordnung. Ihr könnt außerdem essen und trinken was euer Herz begehrt. Ich wünsche uns allen ein frohes Beisammensein!"

Mir fiel zunächst gar nicht auf, dass mir keiner ein Geschenk mitgebracht hatte. Es war auch alles ein bisschen chaotisch, bis jeder an dem großen, elegant gedeckten Tisch Platz genommen hatte. Ich setzte mich auf den letzten freien Stuhl neben meine Tante.

Nach dem Aufnehmen der Getränkewünsche durch die Kellner, schlug mein Vater mit einer Gabel an sein Sektglas und erhob sich.

„Liebe Lea, ich will keine langen Reden schwingen. Du kennst mich ja. Aber man soll Feste feiern, wie sie fallen. Daher wünsche ich allen Anwesenden ein paar schöne Stunden im Kreise der Familie und Freunden. Stellvertretend für alle überreiche ich dir unser gemeinsames Geschenk. Wir wünschen dir viel Freude damit."

Er übergab mir einen grünen Briefumschlag.

„Vielen Dank an euch alle!" sagte ich und blickte glücklich in die Runde.

„Schau doch erstmal rein, bevor du dich bedankst!", rief mein Cousin und erntete herzliche Lacher.

„Lasst uns erst einmal essen, danach werde ich den Umschlag öffnen. Allerdings bin ich mir sicher, dass mir der Inhalt gefallen wird."

Gesagt, getan. Die ersten Getränke standen inzwischen schon auf dem Tisch und jeder bestellte sein Wunschmenü. Dann kam die Unterhaltung in Gang, bis die Vorspeise serviert wurde. Gefräßiges Schweigen war die Folge. Jeder konzentrierte sich auf sein Essen. Um das Ganze aufzulockern, hob ich mein Glas und sagte: „Ein Prosit euch allen, zum Wohl!"

Alle stießen begeistert an und die Unterhaltung kam wieder in Fahrt. Nach und nach kamen die beiden nächsten Gänge und das Essen schmeckte vorzüglich. Beim Abräumen des Nachtischs, bestellten alle einen Digestif.

Nun wurde ich aufgefordert, den Umschlag zu öffnen. Alle Augen waren auf mich gerichtet. Ich spürte förmlich die Spannung, die in der Luft lag. Etwas unsicher öffnete ich den Umschlag. Darin war eine Geburtstagskarte mit einem richtig dummen Spruch als Aufdruck: *In der Quersumme bist du jünger geworden. Wir gratulieren!*

Als ich die Karte aufschlug kam mir als erstes ein bunter Konfettiregen entgegengeflogen. Dann las ich den Text:

Liebe Lea, wir haben uns für dich etwas Besonderes ausgedacht, da du für uns ein ganz besonderer Mensch bist. In den nächsten 5 Tagen klingelt stets um 10 Uhr jemand an deiner Haustür. Die Einzelheiten wirst du erst dann erfahren. Wir wünschen dir viel Spaß!

„Woher habt ihr gewusst, dass ich die nächsten zwei Wochen Urlaub habe und nicht verreise?" fragte ich etwas verwundert.

„Dein Chef hat es uns verraten, er ist auch an dem Geschenk beteiligt", sagte mein Vater.

„Na dann, vielen Dank nochmal an alle! Das klingt ja richtig spannend."

Insgeheim wusste ich nicht, ob ich mich darüber freuen soll oder nicht. Denn ich bin eigentlich nicht der spontane Typ, der dauernd Abwechslung braucht. Ich führe eher ein kontrolliertes Leben und plane viel. Trotzdem tat ich so, als ob ich mich riesig freuen würde. Ich ging einmal um den Tisch herum und gab jedem ein Küsschen auf die Wange. Danach unterhielten wir uns noch einige Zeit, bis die Ersten gehen wollten. Als sich die Gesellschaft aufgelöst hatte, ging ich mit gemischten Gefühlen nach Hause.

Am nächsten Tag klingelte es tatsächlich Punkt 10 Uhr an meiner Haustür. Mit einer eng sitzenden Jeans und einer weißen Bluse bekleidet, öffnete ich die Tür. Vor mir stand ein gutaussehender Mann.

„Guten Tag, ich bin Jo. Ich habe den Auftrag, Ihre Wohnung zu putzen. Darf ich hereinkommen?"

„Die ganze Wohnung?", fragte ich.

„Ja, inklusive Keller, Dachboden, Garage. Oder was auch sonst noch dazugehört."

„Wow, das ist aber klasse", dachte ich, denn ich putze nicht gerne. Vor allem keine Fenster. Diese sind bei mir sehr groß und gefühlt immer schmutzig.

„Wo kann ich mich umziehen?", fragte Jo mit einem verschmitzten Lächeln.

„Da drüben ist gleich das Badezimmer."

Ein paar Minuten später kam Jo wieder heraus. Ich traute zunächst meinen Augen nicht, denn er war nur mit einer kleinen Schürze und einer engen Boxershorts bekleidet.

„Ist das Ihre Arbeitskleidung?", fragte ich überrascht.

„Ja, gefällt es Ihnen nicht? Die meisten Damen geraten bei meinem Anblick in Verzückung."

„Vielleicht gewöhne ich mich daran", sagte ich beiläufig.

Mein Körper gab mir allerdings zu verstehen, dass mir das, was ich da sah, sehr gut gefiel. Ich versuchte, mir nichts anmerken zu lassen.

„Ich beginne am Besten im Bad und arbeite mich dann vor. Bitte zeigen Sie mir noch, wo ich die Putzutensilien finden kann. Wenn Sie besondere Wünsche haben oder Ihnen etwas an meinem Arbeitsergebnis nicht gefällt, melden Sie sich bitte."

„Und was mache ich inzwischen?"

„Was immer Sie wollen", war die lakonische Antwort.

Super. Jetzt stand ich da im kurzen Hemd, wie mein Vater immer zu sagen pflegte, und wusste überhaupt nicht, was ich nun tun sollte. Eine Tasse Kaffee wäre nicht schlecht. Ich ging in die Küche, um mir an meiner professionellen Maschine eine Tasse frisch gemahlenen Kaffee zuzubereiten. Der Kaffeeduft lockte Jo in die Küche.

„Könnte ich auch eine Tasse bekommen?"

„Ja, natürlich. Wie stark? Mit oder ohne Milch und Zucker?"

„Sehr stark bitte und schwarz."

„Alles klar. Bitte nehmen Sie Platz", sagte ich mit einer einladenden Geste in Richtung des Tisches.

„Gerne", kam die Antwort.

Nachdem der Kaffee zubereitet war, setzte ich mich zu ihm an den kleinen Küchentisch.

„Schön haben Sie es hier. Das Bad ist richtig außergewöhnlich, mit freistehender Badewanne und der großen Dusche. Die Farben im Stil der zwanziger Jahre. Richtig Retro, gefällt mir gut."

„Freut mich, wenn es Ihnen gefällt. Die meisten finden das Gelb und Braun eher weniger gut."

„Geschmäcker sind zum Glück verschieden."

„Ja, das stimmt, sonst wären alle gleich", pflichtete ich ihm bei.

„Dürfte ich Ihnen einen Vorschlag machen?"

„Welchen?"

„Im Badezimmer ist mir aufgefallen, dass Sie viele Cremes, Parfüms und Make-up besitzen. Wenn ich nachher mit Putzen fertig bin, könnten Sie doch ein wenig ausmisten. Weniger ist manchmal mehr."

„Sie wollen sagen, dass es unordentlich aussieht?"

„Nein, so habe ich das nicht gemeint. Kennen Sie das Buch *Feng Shui gegen das Gerümpel des Alltags*?"

„Nein, ist das empfehlenswert?"

„Ja, ich habe zufällig eine Ausgabe dabei und könnte es Ihnen gerne leihen."

„Einverstanden. Wenn Sie fertig sind, dann nehme ich eine große Tüte und schau mal, was sich wegwerfen lässt. Viele Sachen habe ich schon länger und man sollte eigentlich auch auf die Haltbarkeit achten. Sie haben schon recht."

Bevor er wieder an die Arbeit ging, gab er mir das Buch und ich fing zu lesen an. Leider kam ich nicht allzu weit, als er mir zu verstehen gab, dass er jetzt fertig sei. Mit einer großen Einkaufstüte bewaffnet, begann ich, meine Sachen durchzusehen. In null Komma nix war die ganze Tüte voll mit abgelaufenen Dingen, oder Sachen, die ich nicht mehr brauchte. Ich trug die Tüte gleich zum Mülleimer vor dem Haus, damit ich nicht in Versuchung kommen würde, wieder etwas davon herauszuholen. Als ich zurückkam, stand er an der offenen Tür.

„Was halten Sie davon, wenn wir uns eine Pizza bestellen? Es ist schon fast eins und ich habe Hunger."

„Wenn Sie möchten", sagte ich und ging zum Telefon.

Vom Pizzaservice in der Nähe hatte ich die Nummer gespeichert.

„Für mich bitte Schinken, Salami und Rucola."

Für mich bestellte ich das Übliche, nämlich Pizza Tonno mit vielen Zwiebeln. Als die Lieferung gebracht wurde, setzen wir uns wieder an den Küchentisch. Ich hatte eine Flasche Weißwein geöffnet und wir tranken jeder ein Glas davon.

„Was halten Sie davon, wenn Sie in der Küche die gleiche Aktion wie im Bad machen? Wir räumen die Schränke aus, ich putze und Sie sortieren."

„Ja, warum nicht. Da brauche ich aber wohl eine größere Tüte. Wie Sie sehen, habe ich schon ewig nichts mehr aussortiert."

Die Aktion startete und wir brauchten mindestens zwei Stunden dafür. Der doch recht ungewöhnliche Anblick des Mannes war danach nicht mehr so seltsam, wie am Anfang. Ich fand es mit der Zeit sogar richtig nett. Während ich wieder einräumte, machte er an anderer Stelle der Wohnung weiter. Eine Tüte hatte nicht gereicht. Ich schleppte drei Tüten hinaus, die fast nicht in den Müllbehälter passten. Danach fragte ich ihn, ob er noch einen Kaffee haben möchte.

„Aber gerne doch."

Wir kamen immer mehr ins Gespräch.

„Machen Sie das schon lange?", wollte ich wissen.

„Ja, es bring mir in kurzer Zeit viel Geld und ich habe sehr viel Freizeit zwischen den Aufträgen."

„Sind Sie dabei der einen oder anderen Kundin auch nähergekommen?"

„Nein, bisher nicht, denn ich trenne Job und Privates strikt."

„Ihr Outfit ist aber doch eigentlich provozierend und soll sicherlich die einen oder anderen Wünsche bei den Kundinnen erzeugen."

„Das ist natürlich die Absicht. Aber die meisten sind verheiratet oder anderweitig liiert und sollen sich nur Appetit holen. Und später kommen ihre Männer in den Genuss. Wenn Sie verstehen, was ich meine."

„Ich bin nicht verheiratet."

„Was wollen Sie mir damit sagen?"

„Nichts, nichts. War nur so eine Bemerkung."

„Ich werde heute sowieso nicht fertig. In einer Woche, wieder am Montag, zur gleichen Zeit wie heute, könnte ich noch einmal vorbeikommen, um den Rest zu erledigen. Ist das für Sie in Ordnung?"

„Selbstverständlich", sagte ich mit enttäuschtem Unterton über den plötzlichen Wechsel des Gesprächsthemas. Aber insgeheim freute ich mich schon auf das Wiedersehen.

Als Jo gegangen war, schaute ich mich in der Wohnung um. So toll hatte es schon lange nicht mehr bei mir ausgesehen. Alles blitzblank. Und das Gefühl, ausgemistet zu haben, war richtig gut. Zufrieden verbrachte ich den Abend und fiel später todmüde ins Bett.

Am nächsten Tag klingelte es erneut kurz nach zehn Uhr an der Tür. Ich öffnete, und ein Mann mit Halbglatze und Vollbart stand vor mir.

„Guten Morgen, mein Name ist van Holz. Ich bin vom Möbelhaus MöHo", stellte er sich vor. „Für Sie wurde bei uns ein Gutschein für einen Esstisch und sechs Stühle eingelöst. Kann ich bitte den Raum sehen, in dem alles stehen soll?"

„Ich habe bereits einen Esstisch und brauche eigentlich keinen Neuen", antwortete ich etwas perplex und vergaß deshalb, den Gruß zu erwidern.

„Davon hat man mir nichts gesagt. Ich habe auch schon ein Modell im Lieferwagen mit dabei, welches nach der Beschreibung der vier Herrschaften, die bei mir im Laden waren, passen könnte. Aber ...", unterbrach er sich selbst und schaute mich irritiert an.

„Kommen Sie herein, dann sehen wir weiter."

Ich führte den Herrn in mein Wohnzimmer mit integriertem Essbereich.

„Der Tisch ist aber klein", sagte der Mann.

„Ja, aber ich habe nur wenige Gäste und brauche nichts Größeres."

„Bei dem vielen Platz, den Sie haben... Ein größerer Tisch würde den Raum erst so richtig zur Geltung bringen."

„Meinen Sie wirklich?", fragte ich skeptisch.

„Ja, ganz bestimmt. Nur der Tisch, den ich dabeihabe, der passt nicht so ganz. In meinem Laden habe ich ein besseres Modell stehen, da würden auch die dazugehörigen Stühle hervorragend zu Ihren anderen Möbeln passen. Was halten Sie davon, wenn Sie mit mir kommen und ich zeige Ihnen den Tisch?"

„Also Zeit habe ich schon. Das wäre auch eine Gelegenheit, mal nach dem Fernsehsessel zu schauen, den ich mir schon lange wünsche.

„Fein. Dann lassen Sie uns fahren."

Und so fuhren wir in dem Lieferwagen zum Möbelhaus. Es lag mitten in der Stadt und war mir bis zu dem Tag völlig unbekannt. Herr van Holz erzählte auf der Fahrt, dass der Möbelladen bereits vier Generationen überdauert hat und seine beiden Söhne demnächst die Leitung übernehmen werden. Er wolle in den wohlverdienten Ruhestand gehen. Wir hielten direkt vor dem Laden. Ein schönes großes Schaufenster ermöglichte einen Blick in den Innenraum und als wir den Laden betraten, setzte sich der gute Eindruck fort. Recht klassische, aber sehr stilvolle Möbel waren zu sehen. Herr van Holz führte mich dann auch gleich zu dem Tisch, den er mir empfehlen wollte. Er war wirklich schön. Schlicht und schnörkellos, so wie ich es bevorzuge. Die Stühle waren gepolstert und sehr bequem.

„Das gefällt mir. Ist das im Budget des Gutscheins?"

„Ja, gerade noch im Limit. Wenn Sie wollen, lasse ich alles aufladen und wir fahren gleich wieder zu Ihnen."

„Perfekt. Haben Sie auch einen Fernsehsessel?"

„Im Moment habe ich nichts da, was Ihnen meiner Ansicht nach gefallen würde. Ende nächster Woche erhalte ich wieder neue Ware. Ich würde an Ihrer Stelle so lange warten."

„Es eilt mir nicht und nächste Woche habe ich noch Urlaub. Würden Sie mich anrufen, wenn sich ein Vorbeikommen für mich lohnt?"

„Selbstverständlich. Ich muss mir nur noch Ihre Telefonnummer notieren."

Er nahm noch einen seiner Söhne mit und die beiden stellten die Möbel bei mir auf. Den vorhandenen Tisch und die vier Stühle nahmen Sie mit, denn ich hatte keine Verwendung mehr dafür. Die neuen Einrichtungsgegenstände ließen den Raum viel schöner erscheinen. Ich war begeistert und ging zufrieden zum Mittagessen in mein Lieblingsrestaurant.

Auch am nächsten Tag klingelte es morgens wieder an der Haustür. Diesmal war es eine Dame.

„Guten Tag, ich bin Frau Regenbogen und in meiner Tätigkeit als Farb-und Stilberaterin hier. Darf ich hereinkommen?"

„Guten Morgen, Frau Regenbogen. Ja, bitte treten Sie ein."

„Haben Sie einen großen Spiegel?"

„Ja, hier im Flur", und deutete darauf.

„Oh, sehr schön, der würde passen. Aber hier ist das Licht nicht gut genug."

„Das ist kein Problem", entgegnete ich, „der Spiegel hat kleine Rollen und lässt sich dadurch umherschieben."

„Perfekt. Wo ist das beste Licht?", war die nächste Frage von Frau Regenbogen.

„Ich würde sagen im Wohnzimmer. Kommen Sie bitte mit."

Ich zeigte Frau Regenbogen den Raum und sie sah sich alles genau an.

„Der Ort ist hervorragend dafür geeignet. Großes Fenster und ein Tisch, auf dem ich meine Farbtücher ablegen kann. Haben Sie so etwas schon mal gemacht?"

„Nein, ich habe mich noch nie beraten lassen, denn ich fand es immer zu teuer. Und ob das Ergebnis so viel bringt... Wer weiß das schon."

„Ich habe viele Kunden, die mir sehr viel positive Resonanz gegeben haben. Durch Mundpropaganda kommen immer mehr dazu. Die Arbeit geht mir nicht aus, im Gegenteil."

„Schön für Sie. Möchten Sie eine Tasse Kaffee?"

„Ja, sehr gern. Mit Milch und zwei Stück Zucker bitte, wenn es keine Mühe macht."

Während ich den Kaffee holte, baute Frau Regenbogen ihre mitgebrachten Utensilien auf. Als ich zurückkam, durfte ich mich gleich auf den von ihr vor den Spiegel gestellten Stuhl setzen.

„Sie sind nicht geschminkt, oder?", fragte sie mich.

„Nein, das mache ich nur zu ganz besonderen Gelegenheiten. Ich bin nicht sonderlich geübt darin."

„Für heute ist das die beste Voraussetzung."

Sie trank einen Schluck aus der Tasse und legte mir dann das erste Tuch über die Schulter. Es war schwarz.

„Sehen Sie, wie blass Sie jetzt geworden sind? Mit dieser Farbe sehen Sie richtig krank aus."

„Das ist aber meine Lieblingsfarbe", stellte ich etwas geknickt fest.

„Ja, das ist bei vielen so. Für Unterteile können Sie es unbesorgt nehmen. Schauen Sie, dasselbe macht bei Ihnen die Farbe Weiß."

Und tatsächlich, ich sah ganz fahl im Gesicht aus.

„Die Farbe mag ich sowieso nicht so gern."

Dann kamen weitere Tücher in den unterschiedlichsten Farben. Manche passten perfekt und manche gar nicht. Am Ende kam heraus, dass ich ein Frühlingstyp bin. Warme Farben sind für mich richtig, kalte Farben sollte ich unbedingt meiden. Sie übergab mir einen Farbfächer.

„Das sind Ihre Farben. Beim nächsten Shoppen sollten Sie diesen mitnehmen, um die Farbhöhen zu vergleichen. Es muss nicht exakt derselbe Farbton sein. Geht oft auch gar nicht, weil der Fächer aus

Hochglanzpapier hergestellt ist und Stoff ganz anders wirken kann."

Das klang alles plausibel und ich beschloss, ihn bei nächster Gelegenheit zu nutzen.

„So, jetzt würde ich sagen, gehen wir zu Ihrem Kleiderschrank. Wir werden jedes Teil prüfen, ob es noch zu Ihnen passt. Im Laufe der Jahre verändern sich unsere Vorlieben bezüglich Mode. Nehmen Sie am besten einen großen Müllsack mit. Wir werden mit Sicherheit einiges finden, auf was Sie in Zukunft verzichten können."

„Oje, mein Kleiderschrank. Den habe ich schon seit Jahren nicht mehr durchgesehen. Ich habe schon seit 25 Jahren die gleiche Kleidergröße. Es gab keinen Grund, etwas auszusortieren."

„Sie haben aber sicher viele Stücke, die Sie in den letzten Jahren nicht angehabt haben, oder?"

„Ja, das sind schon einige."

„Die Faustregel lautet. Ein neues Stück gegen ein Altes. Wenn Sie es zur Altkleidersammlung geben, haben andere auch noch etwas davon."

Es dauerte recht lange, bis wir mit der Durchsicht fertig waren. Die Beraterin sortierte sehr zielsicher aus und konnte mich von ihren Entscheidungen relativ einfach überzeugen. Am Schluss hatte ich 5 Säcke mit Altkleider und einen mit Schuhen im Zimmer stehen. Sie hatte mir auch immer wieder Tipps gegeben, auf was ich speziell beim Kauf achten solle. Ich sei der klassische aber dennoch moderne Typ. Klare Formen, mit einem Schuss Extravaganz: das wäre genau meine Stilrichtung.

„Was halten Sie davon, wenn wir jetzt eine Kleinigkeit essen gehen? Danach könnten wir noch in ein Kaufhaus, um Ihnen ein Outfit auszusuchen. Alles ist bereits bezahlt", sagte Frau Regenbogen.

Und das machten wir dann auch. Eine Beratung beim Einkauf zu haben, war eine neue und angenehme Erfahrung für mich. Die gekauften Stücke konnten sich sehen lassen. Aber wie soll es anders sein, kaufte ich dann doch mehr als nur ein Outfit. Drei Paar tolle Schuhe waren auch dabei. Ein Paar davon hatte besonders hohe Absätze. Da würde ich noch etwas üben müssen. Aber was tut man nicht alles für die Optik. Am Abend brachte ich dann noch die Säcke fort. Die Tatsache, endlich wieder Platz im Schrank zu haben, versetzte mich in gute Stimmung. Später ging ich schlafen, mit der Gewissheit wieder etwas erledigt und einiges dazugelernt zu haben.

Als am nächsten Morgen der Wecker klingelte, fiel mir das Aufstehen extrem schwer. Eigentlich hätte ich gerne mal so richtig ausgeschlafen. Die letzten Tage waren im Nachhinein doch etwas anstrengend gewesen. Aber die Erwartung, was heute wohl auf mich zukommen würde, überwiegte letztendlich doch und ich war pünktlich fertig. Diesmal stand ein Taxifahrer vor der Tür. Er hatte den Auftrag, mich abzuholen. Doch wohin er mich bringen würde, durfte er nicht sagen. Beim Einsteigen war mir nicht ganz wohl zumute. Doch schon nach kurzer Fahrt erreichten wir das Ziel, einen Beautysalon. Überrascht, weil ich nicht im Entferntesten an so etwas gedacht hatte, stieg ich aus und betrat den Salon. In solch einem Etablissement war ich in meinem ganzen Leben noch nie gewesen, weil ich dafür kein Geld ausgeben wollte. Eine adrett gestylte Dame mit hochgesteckten dunklen Haaren, empfing mich überfreundlich.

„Guten Tag, Sie müssen Frau Burg sein. Wir haben Sie schon erwartet! Sie haben heute ein straffes Programm, daher legen wir am besten gleich los. Bitte kommen Sie mit."

Ich folgte ihr in einen Raum mit einer Liege, auf der ich Platz nehmen sollte. Dann erklärte sie mir den Ablauf.

„Als erstes erhalten Sie eine Anti-Stress-Massage. Das wird ungefähr eine Stunde dauern. Danach gibt es Pediküre und anschließend Maniküre. Hier können Sie dann wählen, in welcher Farbe die Nägel lackiert werden sollen, oder ob Sie den French-Stil bevorzugen. Lassen Sie sich gerne dabei beraten. Dann kommt noch eine Kosmetikgesichtsbehandlung mit anschließender Make-up-Beratung und ganz am Schluss geht es noch an Ihre Frisur. Vielleicht möchten Sie eine andere Haarfarbe, einen anderen Schnitt oder nur ein anders Styling. Auch hier werden Sie ausführlich beraten. Sie sollen rundum zufrieden sein und strahlen, wenn Sie unser Haus verlassen."

Die Dame sprach so schnell, dass ich ihr nicht immer ganz folgen konnte. Aber eins war sicher: All diese Termine waren nur dafür da, mich neu und frisch zu fühlen.

Die folgende Massage war wirklich entspannend. Allen Muskeln wurde spezielle Aufmerksamkeit geschenkt und dadurch entsprechend bearbeitet. Ich fühlte mich hinterher so großartig wie schon lange nicht mehr. Nach der Hand-und Fußpflege ließ ich mir die Nägel knallrot lackieren. Das sah richtig gut aus und daher kaufte ich mir anschließend den Nagellack plus spezielle Entfernungstücher, die "garantiert neutral" riechen, wie mir gesagt wurde. Bei der Gesichtsbehandlung bin ich dann eingeschlafen. Das lag sicher an der gedämpften, beruhigenden Musik im Hintergrund. Ich bekam erst wieder etwas mit, als mir schließlich die Maske entfernt wurde.

"Das passiert vielen", wurde mir versichert.

Als dann das Make-up dran war, staunte ich nicht schlecht, was alles aus meinem Gesicht herauszuholen ist. Mir wurde geduldig gezeigt, wie ich dies in Zukunft selbst umsetzen kann. Das Ergebnis konnte sich wirklich sehen lassen. Den Satz, *„Probieren Sie es gleich morgen früh aus"*, brauchte man mir nicht zweimal sagen. Ich kaufte auch alles, was ich dafür benötigen würde.

Dann kam der schwierigste Teil. Ich konnte mich absolut nicht entscheiden, was ich bezüglich meiner Frisur machen sollte. Mir wurden viele Fotos gezeigt,

aber die abgebildeten Frauen sahen von der Gesichts-
form nicht so aus wie ich. Mir fehlte die Vorstellungs-
kraft, wie das bei mir wirken würde.

„Ich mache Ihnen einen Vorschlag, vertrauen Sie
mir und lassen Sie mich machen. Wir tönen die Haare
nur etwas dunkler. Vom Schnitt kürzer, aber nicht zu
kurz", empfahl die Friseurin.

Da sie auf mich einen kompetenten Eindruck
machte, stimmte ich dem Vorschlag zu und hoffte in-
ständig, dass ich nicht mein blaues Wunder erleben
würde. Ich hatte schon öfter die Sendung *Germanys
Next Top Model* geschaut und dort kam es oft zu kras-
sen Veränderungen der Teilnehmerinnen. Manchmal
zum Vorteil, aber eben nicht immer. Ich schaute einfach nicht hin, als mir die Haare geschnitten wurden
und las die ganze Zeit über intensiv in einer Zeit-
schrift.

„Fertig", sagte die Frisörin nach dem Föhnen. „Ich
hole noch einen Spiegel und zeige Ihnen die Frisur
damit von hinten."

Als ich aufsah, erkannte ich mich fast nicht wieder. Ich musste erst fünfzig werden, um so gut aus-
zusehen. Auch die Rückansicht im bereitgehaltenen
Spiegel überzeugte mich restlos.

„Das sieht fantastisch aus!", sagte ich anerkennend. „Von alleine wäre ich nicht auf den Gedanken
gekommen und hätte nie den Mut dafür gehabt. Vielen Dank."

Als Zeichen meiner Dankbarkeit gab ich ein großzügiges Trinkgeld.

Am nächsten Morgen wachte ich mit dem Gedanken auf:

„Was soll jetzt eigentlich noch kommen?"

Nichtsdestotrotz zog ich etwas von den neuen Kleidungsstücken und die dazu passenden Schuhe an. Das Make-up war für mich ab heute sozusagen Pflichtprogramm und die Haare lagen nach dem kämmen immer noch perfekt. So gestylt, öffnete ich die Tür als es klingelte.

„Guten Tag, wir haben nur wenig Zeit."

Zwei Männer schoben mich zur Seite und gingen schnellen Schrittes in meine Wohnung. Einen kurzen Moment war ich so perplex, dass ich wie angewurzelt stehen blieb. Dann meldete sich mein Verstand zu Wort. Ich ging rasch den Männern hinterher, die bereits im Wohnzimmer standen und so wie es aussah, den Esstisch begutachteten.

„Was ist das denn für ein Überfall? Was wollen Sie hier?", fragte ich energisch.

„Entschuldigen Sie, dass wir uns noch nicht vorgestellt haben. Wir sind vom Fernsehen. Sie wurden zur Fernsehshow angemeldet, bei dem eine Teilnehmergruppe abwechselnd die anderen mit mehreren Gängen bekocht. Davor ist es üblich, die Räumlichkeiten zu inspizieren, um zu sehen, ob dort Drehaufnahmen gemacht werden können. Wir sehen uns noch kurz den Rest der Wohnung an. Wenn alles passt, dann sind Sie nächste Woche Dienstag mit dem Kochen an der Reihe. Wir würden heute gegen 14 Uhr mit einem Kameramann wiederkommen und Probeaufnahmen machen. Der erste Teil für den Anfang der Sendung könnte sofort danach aufgenommen werden. Zu guter Letzt würden wir dann die Einzelheiten besprechen. Hier ist übrigens der eingereichte Menüplan."

Es gab also doch noch eine Steigerung zu den vorangegangenen Tagen. Mein größter Wunsch, einmal in dieser Sendung mitmachen zu können, sollte in Erfüllung gehen. Allein schon der Gedanke daran ließ mein Herz derart wild schlagen, dass ich es zum ersten Mal hören konnte.

Unerwartet

B evor ich mich jetzt ins Wochenende verab-
schiede, musst du mir noch sagen, ob dein
Gurru-Gurru endlich weg ist", sagt die neu-
gierige Marlis am Telefon zu ihrer Freundin Carla.

„Nein, die Taube ist noch da. Ich glaube, ich kaufe
mir eine Pistole und erschieße sie bei nächster Gelegenheit."

„Eine Waffe bekommst du doch nicht so einfach."

„Doch im Darknet. Ich habe mich schon erkun-
digt."

„Bist du verrückt?! So etwas fliegt doch auf. Du
hast nicht mal einen Waffenschein."

„Braucht man nicht und ich muss auch nicht beweisen, dass ich 18 bin. Alles ganz easy."

„Meinst du nicht, dass eine Wasserpistole fürs
erste reicht?"

„Ich habe es doch schon mit Wasser versucht. Das
hat überhaupt nichts gebracht. Ich hatte sogar den
Eindruck, dass das der blöden Taube gefallen hat. Jeden Morgen ab halb vier bringt mich das Vieh zur
Weißglut. Diese Gurr-Laute sind unerträglich. Und
dann noch das Getapse auf dem metallenen Balkon-
geländer. Die Krönung ist, wenn sie davon abrutscht.
Dann ist lautes Quieken angesagt."

„Du übertreibst doch wieder. So schlimm wird es schon nicht sein."

„Komm halt mal her und übernachte bei mir, dann weißt du, wovon ich rede."

„Das kann ich machen, aber bei mir klappt es erst Ende nächster Woche und bis dahin ist der Vogel sicher weg."

„Du hast gut reden. Na gut, lassen wir das Thema. Ich muss jetzt den Balkon putzen, obwohl ich dazu so gar keine Lust habe und ich eigentlich auch nie dort draußen sitze, sondern lieber auf der Terrasse. Aber die Vogelscheiße ist echt aggressiv."

„Okay, du meldest dich wieder? Bis dahin!"

„Bis bald, mach´s gut!"

Gerade als Carla mit der Putzaktion beginnen will, sieht sie auf dem Balkonboden drei kleine Zettelchen liegen.

„Wie kommt denn das hier her?", denkt sie und bückt sich, um diese aufzuheben. Sie rollt den ersten auseinander und liest erstaunt:

Ohne dich ist alles doof...

Auf den nächsten steht:

Komm zu mir zurück.

Das dritte überrascht sie am meisten:

Ich vermisse dich.

„Was hat das alles zu bedeuten? Bestimmt sind die Botschaften nicht für mich bestimmt", denkt sie rational.

Seit ungefähr fünf Jahren wohnt Carla allein in einer Doppelhaushälfte am Rand eines idyllischen Ortes. Durch ihre selbstständige Tätigkeit ist sie die meiste Zeit zu Hause. Außer Marlis hat sie keine engeren Freunde. Umso merkwürdiger erscheint ihr das alles. War es nur ein Zufall?

Carla kann es sich nicht erklären und hakt das Thema vorerst ab. Erschöpft geht sie früh zu Bett.

„Gurr, gurr..."

Wie immer wecken sie diese nervigen Laute. Sie springt aus dem Bett, öffnet die Balkontür und will den Vogel mit wilden Handbewegungen verscheuchen. Doch dieser bleibt seelenruhig sitzen und schaut sie nur an.

„Hau endlich ab. Such dir einen anderen Platz! Hier hat es so viele Bäume, da sitzt es sich bestimmt viel besser", ruft sie in ihrer Verzweiflung.

„Ich kill dich noch. Sei hiermit gewarnt!"

Da fällt ihr Blick auf den Boden.

„Noch ein Zettel", denkt sie. „Hat den etwa die Taube mitgebracht?"

Carla bückt sich, um ihn aufzuheben. Als sie sich wieder aufrichtet, verpasst sie der Taube beiläufig einen Stoß.

„Da hast du es", ruft sie und die Taube, die das Gleichgewicht verloren hat, fliegt davon.

„Das war es dann hoffentlich."

Sie rollt den Zettel auseinander und liest:

Du wohnst immer noch in meinem Herzen.

Von wem sind diese Zettelchen? Über diese Frage zermartert sie sich den Kopf und legt sich schließlich wieder ins Bett.

Einige Zeit später kehrt die Taube zurück und weckt Carla erneut mit ihrem Gurren.

„Ich dachte, ich bin dich los. Was willst du von mir? Ach Blödsinn, du kannst mir ja gar nicht antworten", korrigiert sich Carla.

Unter der Taube liegt ein weiterer Zettel, den sie aufhebt und öffnet. Und wie bei den vorangegangenen Zetteln befindet sich auch auf diesem eine merkwürdige Botschaft:

Du fehlst mir so sehr.

Als sie wieder nach oben blickt, schaut sie genau in die Augen der Taube, die sie förmlich anzustarren scheint.

„Auf was wartest du? Soll ich auch eine Nachricht schreiben? Fragt sich nur was. Und an wen. Daher mache ich das ganz sicher nicht. Also mach die Biege und komm nie wieder!"

Die Taube reagiert in keinster Weise. Seelenruhig bleibt sie auf ihrem Platz sitzen.

„Das gibt es doch nicht", schimpft Carla irritiert. Da sie nicht weiß, was sie tun soll, dreht sie sich um und geht nach unten zum Briefkasten.

Dort findet sie einen grünen Briefumschlag, ihre Adresse von Hand geschrieben, jedoch ohne Absender. Sie dreht den Umschlag unschlüssig in der linken Hand hin und her, um ihn dann letztlich im Arbeitszimmer mit einem Brieföffner zu bearbeiten.

Liebe Carla,

kennst du mich noch? Ich bin der, den du nie verlieren wolltest.

Sie stutzt und schaut auf. Ein ungutes Gefühl macht sich in ihrer Magengegend breit. Niemals wollte sie an ihre Jugend erinnert werden, zu groß war der Schmerz von damals. Und jetzt das. Es konnte nur Kai sein, den sie für immer und ewig vergessen wollte.

„Warum macht er das bloß?", denkt sie traurig. „Warum kann er die Vergangenheit nicht ruhen lassen?"

Sie liest weiter:

Ich habe dich nie vergessen können und ich kann verstehen, wenn du mich nach der Sache von damals nicht mehr sehen willst.

„Die Sache von damals – abgehauen bist du, ohne ein Wort des Abschieds, du blöder Kerl! Warst einfach von einem Tag auf den anderen weg. Ich habe nie verstanden, warum du dich nie wieder gemeldet hast und jetzt das. Die nervige Taube kommt bestimmt von dir. So etwas nennt man wohl Effekthascherei. Das kommt bei mir aber gar nicht gut an."

Trotz ihrem inneren Groll liest sie weiter:

Gibt uns doch noch eine Chance. Ich werde dir alles erklären. Ich schwöre dir, meine Schuld war es nicht.

„Aber meine vielleicht?!", entrüstet unterbricht Carla das Lesen. „Was bildet der sich ein? Und dann immer das *ich bin, ich habe*. An mich denkt der doch gar nicht!"

Ich würde dich sehr gerne wiedersehen. Ich wohne seit ein paar Wochen in deinem Nachbardorf. Leider hat mir dein Vater am Telefon nur gesagt, wo du wohnst. Deine Telefonnummer hat er mir nicht gegeben. Auf der Rückseite steht meine Adresse und Telefonnummer. Bitte tu mir den Gefallen und melde dich. Es grüßt dich von ganzem Herzen,

Dein Kai.

Sie lässt langsam den Brief sinken.

„Dein Kai", wiederholt sie empört. „Das ist schon lange vorbei. Was fällt dir ein, dich wieder zu melden? Du hast genug bei mir angerichtet. Ich will mit dir nichts mehr zu tun haben! Und das schreibe ich dir jetzt auch gleich."

Sie geht zum Schreibtisch und zückt ein Blatt Briefpapier:

Lass mich ein für alle Mal in Ruhe!!!

Sie steckt die Nachricht in einen Umschlag, klebt diesen zu und schreibt die Adresse darauf. Eine Briefmarke hat sie auch zur Hand. Dann geht sie wutentbrannt mit schnellen Schritten aus dem Haus zum nächsten Briefkasten. Als sie dort ankommt sieht sie auf der Klappe des Einwurfschlitzes einen von Hand geschrieben Satz:

Hoffentlich ein Liebesbrief

Sie zuckt unwillkürlich zusammen und hält inne.

„Das ist eher das Gegenteil", denkt sie, erschrocken über sich selbst. „Was mach ich jetzt nur? Wenn ich ehrlich bin, hat mich das alles emotional doch sehr berührt. Vielleicht daher meine Abwehrhaltung."

Sie bleibt noch kurz stehen, entschließt sich aber dann, zurück nach Hause zu gehen. Den Brief hält sie dabei fest in der Hand.

„Ich muss das alles noch einmal genau überlegen und darf nichts überstürzen."

Zu Hause angekommen setzt sie sich auf die Terrasse und genießt den Blick ins Grüne. Das ruft schöne Erinnerungen in ihr wach. Es war damals ein

sehr schönes Jahr gewesen. Aber das abrupte Ende...
Es war für sie katastrophal, denn er war ihre erste
große Liebe. In dem Moment sieht sie die Taube auf
dem Balkon landen und steht erwartungsvoll auf, um
nachzusehen, ob es eine weitere Nachricht gibt. Carla
wird nicht enttäuscht. Ein Zettel liegt auf dem Boden
und der Vogel ist weg, als sie ihn aufhebt. Mit zittri-
gen Fingern entrollt sie den Zettel.

Auf der Treppe, erinnerst du dich?

Ja, Carla kann sich sehr gut daran erinnern. An
diesen innigen ersten Kuss. Das hatte damals etwas
Magisches und auch heute noch konnte sie einen
Schauer fühlen. Sollte sie ihm doch noch eine Chance
geben? Wäre es richtig?

Sie denkt den ganzen Tag darüber nach. Schließlich
greift sie zum Telefon...

Macht der Gedanken

U nmöglich, das kann ich nicht machen", sagt Fabrizio laut vor sich hin.

Er steht vor seinem Badezimmerspiegel und starrt sein Gesicht an. So, als ob er es gerade zum ersten Mal sieht. Sein bester Freund Frank hatte ihm heute beim wöchentlichen Stammtisch eröffnet, dass er sich endlich seinen Oberlippenbart abrasieren soll. Er würde affig damit aussehen. Vor allem bei den wenigen Haaren, die er noch auf dem Kopf hat.

Affig, das Wort hatte ihn schwer getroffen. Er war kurz darauf beleidigt vom Tisch aufgestanden und nach Hause gegangen.

„So findest du nie eine Frau", hatte Frank ihm noch nachgerufen.

Sie hatten zwar alle zu viel getrunken – wie immer zum Stammtisch – aber das war noch lange kein Grund dafür, ihn so niederzumachen. Fabrizio litt schon seit seiner Kindheit an seiner Körpergröße, war immer der Kleinste gewesen. Schon im Kindergarten wurde er deswegen gehänselt. Und auch heute, als erfolgreicher Journalist, ist er mit 1,66 Meter einfach ein Zwerg, wie er sich selber immer bezeichnet. Nur deswegen hat er auch noch keine Frau gefunden. Davon war er überzeugt.

Und jetzt das. Sein Aussehen ist im Großen und Ganzen doch eigentlich ganz annehmbar. Halbglatze haben so viele Männer.

„Das entscheide ich jetzt nicht mehr, ich habe viel zu viel getrunken. Morgen ist auch noch ein Tag", murmelt Fabrizio vor sich hin.

Er putzt sich die Zähne und geht ins Bett. Gegen Mitternacht wird er plötzlich von einem komischen Geräusch geweckt. „Kam das aus dem Badezimmer, oder habe ich mir das nur eingebildet?", fragt sich Fabrizio. „Was ist das? Ein Einbrecher im fünften Stock? Wohl kaum, auch wenn das Badezimmerfenster offen ist. Oder eine Katze? Auch eher unwahrscheinlich. Egal, ich habe bestimmt nur geträumt."

Er dreht sich um und schläft weiter. Einige Zeit später schreckt er erneut hoch.

„Da ist doch jemand in meiner Wohnung!"

Wirklich ängstlich war Fabrizio noch nie und so steht er auf, um nachzusehen. Er öffnet die Badezimmertür und traut seinen Augen nicht. Vor dem Spiegel steht eine Frau mit langem, hellblondem Haar und kämmt sich.

„Unmöglich", denkt Fabrizio, betätigt den Lichtschalter und schaut zu ihr zurück. Doch sie ist weg.

„Ich habe nicht mehr alle Tassen im Schrank! Einer der vielen Schnäpse war wohl schlecht", sagt er kopfschüttelnd zu sich selbst.

Doch am nächsten Morgen findet er in seinem Waschbecken lange blonde Haare.

„Die sind bestimmt von Mutter, als sie gestern hier geputzt hat", denkt er und findet so eine plausible Erklärung.

Das Ereignis in der Nacht will Fabrizio so schnell wie möglich vergessen. Seine Arbeit ist die willkommene Ablenkung dafür. Am Abend trinkt er trotz aller guten Vorsätze mehrere Gläser Rotwein. Er schläft vor dem Fernseher auf der Couch ein. In der Nacht fröstelt es ihn, obwohl es in der Wohnung mit knappen 20 Grad noch relativ warm ist. In dem Moment, als er aufstehen will, um ins Bett zu gehen, legt ihm eine brünette Frau eine Decke über seinen Körper und ist sofort wieder verschwunden. Irritiert bleibt er liegen, der Rotwein und die Müdigkeit sorgen dafür, dass er wieder einschläft. Als er sich am Morgen daran erinnert, kann er nur über sich selbst den Kopf schütteln.

„Das war doch alles nur Einbildung. Alkohol sorgt bei mir neuerdings scheinbar für eine blühende Fantasie", versucht sich Fabrizio vergeblich zu beruhigen.

Eigentlich wollte er Frank für seinen Spruch ein paar Tage links liegen lassen, aber er braucht jemanden zum Reden. Also ruft er ihn gegen Mittag an. Kaum hat er sich mit Namen gemeldet, kommt auch schon die Frage:

„Und, ist der Bart ab?"

„Lass deine blöde Bemerkung, ich habe ein ganz anderes Problem. Können wir uns später treffen?"

„Was ist los mit dir?"

„Sage ich dir nur unter vier Augen."

„Jetzt sind es nur zwei Ohren. Mensch, du machst mich aber neugierig."

Sie treffen sich in seiner Wohnung zu einem kleinen Abendessen und Fabrizio berichtet über die Geschehnisse der letzten Nächte.

„Das hast du wahrscheinlich alles nur geträumt", kommentiert Frank die Schilderungen.

Trotzdem bietet er an, zum Übernachten zu bleiben.

„Macht es dir nichts aus?"

„Ach Quatsch, sonst hätte ich es doch nicht vorgeschlagen."

Sie trinken noch ein paar Bierchen und legen sich dann schlafen. Beide sind sehr gespannt, was in der Nacht passieren wird. Aber alles bleibt ruhig. Sie schlafen tief und fest und wachen erst auf, als es bereits hell ist.

„Habe ich doch gewusst! Das klang zu dubios, um wahr zu sein", stichelt Frank gleich nach dem Aufwachen.

Am nächsten Abend und auch in der folgenden Nacht kommt es zu keinen Vorkommnissen.

Als Fabrizio aber am folgenden Morgen in die Küche kommt, traut er seinen Augen nicht. Eine Frau mit rotem langem Haar sitzt am Frühstückstisch und trinkt aus einer Tasse Kaffee. Er nähert sich ihr vorsichtig, Schwups ist sie weg.

„Jetzt drehe ich völlig durch", denkt Fabrizio.

Doch es steht tatsächlich eine Kaffeetasse auf dem Tisch. Völlig verwirrt ruft er Frank an und schildert das Geschehene.

„Weißt du was, ich glaube es ist besser, wenn du zu einem Psychiater gehst", ist dessen erster Kommentar. „Ich gebe dir eine Telefonnummer. Dort war ich früher in meiner Jugend einmal gewesen. Der ist glaube ich ganz gut."

„Wie kommt der Kaffee in die Tasse. Ich sehe sie doch jetzt noch direkt vor mir."

„Ist der Kaffee noch warm?"

„Nein, er ist kalt."

„Hast du gestern deine Kaffeetasse stehen lassen?"

„Das weiß ich nicht mehr. Aber weißt du was seltsam ist? Alle Frauen haben eine andere Haarfarbe und Frisur. Ich kenne keine von ihnen. Das kann ich mir doch nicht einbilden."

„Ich kann dazu nichts sagen. Mache am besten einen kurzfristigen Termin mit dem Psychiater aus.

Wir treffen uns heute Abend nach der Arbeit in der üblichen Kneipe."

Fabrizio geht zwar zur Arbeit, aber mit seinen Gedanken ist er zum ersten Mal, seit er dort arbeitet, nicht bei der Sache. Was hatte das alles zu bedeuten? Er kann keine Ähnlichkeit bei den Frauen finden. Dafür hat er sie auch einfach viel zu kurz gesehen. Nach Arbeitsschluss geht er nicht direkt zur Kneipe, sondern will vorher noch kurz zu Hause duschen. Als er nach seinem Handtuch greift, glaubt er, es wird ihm gereicht. Er dreht sich schnell um, aber niemand ist zu sehen. Hastig macht er sich fertig und rennt die Treppe hinunter, um mit sich mit Frank zu treffen.

„Ich bin reif für die Klappsmühle. Dabei habe ich zurzeit echt wenig Stress. Den Termin mit dem Arzt mache ich gleich morgen früh aus."

„Komm, jetzt denk mal an etwas Anderes", versucht Frank ihn abzulenken.

„Du hast gut reden, dir passiert das ja nicht."

„Hast du einen Fotoapparat?"

„Ja, den müsste ich aber erst suchen. Du weißt doch, ich mache mir nicht viel aus Fotos. Sie halten nur Momente fest, die man nicht mehr erleben wird. Es ist unsinnig, die Vergangenheit anzuschauen."

„Jetzt geht es aber um ein aktuelles Problem."

„Stimmt. Du hast Recht, ich werde mich wappnen. Vielleicht kann ich so herausfinden, was das alles bedeutet."

Mit gemischten Gefühlen gehen beide nach Hause. Bis zum Termin mit dem Psychiater passiert nichts Ungewöhnliches. Er hatte sich als Notfall angemeldet und bekam gleich für den übernächsten Tag einen Termin.

Fabrizio muss im Wartezimmer Platz nehmen und setzt sich einem bereits wartenden Herrn gegenüber. Durch ihn wird er noch nervöser. Der Mann hat auf dem Nebenstuhl eine Aktentasche stehen und macht diese ständig auf und zu. *Klack, Klack... Klack, Klack…*

Dann kommt eine Frau herein und setzt sich drei Stühle rechts von ihm. Sie schaut ständig in ihre Handtasche, kramt darin und sucht etwas, was sie wohl nicht findet. Denn sie wiederholt das Ritual immer wieder im Abstand von ungefähr zwei Minuten.

„So ist das also, wenn man verrückt ist", denkt Fabrizio. „Zähle ich jetzt auch dazu?"

Früher hatte er über so etwas Witze gemacht wie: *„Morgen sitze ich im Keller und säge Heizöl."* Heute scheint er selbst betroffen zu sein und fragt sich, warum es gerade ihn trifft. Als Fabrizio das klackernde Geräusch nicht mehr aushält, stürmt er hinaus zur Sprechstundenhilfe.

„Können Sie mir bitte sagen, wann ich dran komme?"

„Wir haben Ihren Termin dazwischengeschoben. So in ca. zehn Minuten."

„Kann ich hier draußen warten?"

„Das geht leider nicht, bitte nehmen Sie wieder im Wartezimmer Platz."

Fabrizio fügt sich der Anweisung, obwohl er sich nicht vorstellen kann, wie er die Zeit überstehen soll. Eine weitere Frau kommt herein und setzt sich neben die andere Dame.

„Die tut zum Glück gar nichts", denkt er. „Aber nur regungslos vor sich hin starren ist sicher auch nicht normal. Ende ich womöglich auch einmal so teilnahmslos? Wie schrecklich. Ich will es mir lieber nicht vorstellen."

Endlich wird Fabrizio aufgerufen und geht erleichtert, der Sprechstundenhilfe folgend, zum Behandlungszimmer. Der Arzt begrüßt ihn freundlich. Er darf auf einem Stuhl vor dessen Schreibtisch Platz nehmen und gleich darauf beginnt die Sitzung. Zunächst muss Fabrizio erklären, warum er hier ist und so einen dringenden Termin haben wollte. Er schildert die Vorkommnisse der letzten Tage, die ihn inzwischen sehr beunruhigen. Der Arzt hört sich alles in Ruhe an und stellt noch weitere Fragen zu seinen Eltern und deren Vorfahren. Ob es da Fälle von psychischen Störungen gab oder gibt. Seine spätere Diagnose nach der Fragerunde erscheint plausibel. Manchmal glaubt man Dinge wirklich zu erleben, obwohl es nur sehr intensive Träume sind. Diese sind aber nicht wahr und werden es auch nie sein.

„Ich gebe Ihnen Tabletten mit, die beruhigend und entspannend wirken. Bitte nur abends vor dem

Schlafengehen einnehmen. Wenn es sich nicht bessert, lassen Sie sich bitte einen neuen Termin geben."

Beim Verlassen der Praxis wird ihm bewusst, dass er eigentlich jetzt auch nicht mehr weiß, wie vorher. Von Tabletten hält er generell nicht viel, ob er sie nehmen soll? Doch bei einer Sache ist sich Fabrizio sehr sicher: Er will auf gar keinen Fall mehr in diesem Wartezimmer sitzen. Kaum ist er zu Hause angekommen, ruft Frank an.

„Und, wie war der Termin?"

„Keine Ahnung. Hat glaube ich nichts gebracht."

„Ich habe mir überlegt, wie du auf andere Gedanken kommst."

„Und wie? Bitte nicht wieder die Bart-ab-Nummer."

„Nein, wir melden uns noch heute zur Tanzstunde an."

„Bist du verrückt geworden? Du weißt, dass ich das nie machen wollte, weil alle Frauen immer größer sind. Wer will schon mit mir tanzen?"

„Komm, jetzt sei kein Frosch. Du hast neulich erst gesagt, dass dir Tanzen sicherlich Spaß machen würde. Wir werden dort schon eine passende Tanzpartnerin für dich finden."

Fabrizio lässt sich überreden und gleich am nächsten Tag beginnt der Kurs. Wie erwartet sind alle

Frauen größer als er. Er glaubt auch, dass ihn alle mitleidig ansehen.

„So ein Mist. Aus der Nummer komme ich nicht so schnell wieder raus", denkt er.

Da hilft es auch nicht, wenn sein Freund ihm gut zuredet.

In der Nacht nach dem Kurs wacht er auf und spürt einen Körper neben sich im Bett. Er traut sich nicht, sich zu bewegen oder das Licht anzumachen. Es ist einfach zu schön. Als er am Morgen aufwacht, kann er sich daran erinnern, aber es liegt niemand neben ihm. Fabrizio beschließt, ab sofort die Tabletten zu nehmen.

Diese scheinen zu wirken, denn in den nächsten drei Monaten ist alles wie früher. Dann neigt sich der Tanzkurs dem Ende zu. Der Abschlussball steht bevor. Und wie er schon von Anfang an vermutet hatte, will ihn keine Frau dorthin begleiten. Soll er tatsächlich ohne Tanzpartnerin hingehen?

„Keine Frau will mit mir tanzen, obwohl der Tanzlehrer oft meine gute Führung gelobt hat und auch sonst immer zufrieden war. Jetzt weiß ich es ganz sicher: Ich werde immer alleine bleiben und nie und nimmer eine Freundin finden", denkt er.

In der Nacht bemerkt Fabrizio zärtliche Küsse auf seinen Wangen und Lippen. Er lässt die Augen geschlossen und genießt das angenehme Gefühl.

Als er sich am nächsten Morgen im Spiegel betrachtet, findet er tatsächlich eine verblasste rote Spur auf seinen Wangen. Ist das womöglich Lippenstift?

„Das erzähle ich niemanden, sonst hält man mich noch für psychotisch", denkt er. "Das kann so nicht weitergehen, aber was soll ich tun?"

Trotz seiner Verzweiflung versucht er ganz normal zur Arbeit zu gehen. Am Abend des Abschlussballs steht Fabrizio unter die Dusche. Als er spürt, dass ihn jemand den Rücken einseift, dreht er sich ganz schnell um. Er sieht eine kleine Frau mit kurzen schwarzen Haaren und ruft:

„Hey, wer sind Sie?"

Da ist sie auch schon wieder weg.

„Drehe ich jetzt völlig durch?"

Er ruft Frank an, um ihm zu sagen, dass er lieber zu Hause bleiben will. Das lässt Frank nicht zu und überredet Fabrizio dazu, doch wenigstens kurz zum Ball zu kommen.

Im Vorraum der Garderobe findet Fabrizio eine Sitzgelegenheit zum Tausch der bequemen Treter gegen Tanzschuhe mit Ledersohle. Mit denen kann er einfach besser tanzen. Er bindet sich gerade den ersten Schuh zu, als er Franks Stimme hört.

„Hey Kumpel, da bist du ja endlich."

Fabrizio schaut kurz auf und sieht dabei nicht nur Frank, sondern auch eine Frau mit schwarzen kurzen Haaren. Ein gehöriger Schreck durchfährt ihn.

„Was für eine Katastrophe! Jetzt passiert es auch schon außerhalb der Wohnung in der Öffentlichkeit", denkt er.

Sofort schaut er wieder nach unten, bindet den nächsten Schuh zu und lässt sich dabei sehr lange Zeit.

„Ist etwas nicht in Ordnung? Abgesehen davon, dass du mindestens fünf Jahre jünger aussiehst. Du hast dir doch tatsächlich den Bart abrasiert!"

„Nein, nein, alles Bestens. Ohne Bart ist wirklich besser, du hattest recht. Ich muss dich nur kurz etwas fragen."

Frank beugt sich zu ihm hinunter.

„Ich sehe schon wieder eine Frau die es nicht gibt. Die Visionen verfolgen mich immer noch", flüstert Fabrizio ihm ins Ohr.

„Steh doch einfach mal auf", flüstert Frank zurück.

Er reißt sich zusammen, steht auf und blickt in die dunklen, rehbraunen Augen der Frau, die erstaunlicherweise immer noch da war.

„Das kann doch nicht wahr sein", denkt Fabrizio und streckt ihr instinktiv zur Begrüßung seine Hand entgegen.

Sie ergreift diese tatsächlich und beide schütteln sich die Hände.

„Kennen wir uns?", fragt er.

„Nein, ich habe Sie noch nie zuvor gesehen", antwortet sie.

Fabrizio ringt innerlich um Fassung. Das ist ganz eindeutig seine Traumfrau. Sie hat auch die perfekte Körpergröße. Er beschließt sofort, dass er alles tun wird, um sie im Sturm zu erobern. Während des ersten Wortwechsels mit den Klassikern „Schönes Kleid", und so weiter, fallen ihm die Worte vom Psychiater wieder ein. In einem Punkt hatte der Arzt glücklicherweise Unrecht. Sein Traum beginnt doch wahr zu werden.

Wiederentdeckte Freude

W arum habe ich heute Nacht von meinem Vater geträumt? Und welch ein dummes Zeug. Warum kann ich mich ausgerechnet daran erinnern? Normalerweise vergesse ich doch alle Träume", denkt Leonie beim Aufstehen.

Ohne Unterlass holte er Schuhe aus dem Schrank, die sie in verschiedene Behältnisse packen musste. Immer wieder sagte er: „*Hier, noch mal Schuhe!*" Der Satz war für sie schon nach kurzer Zeit unerträglich geworden. Außerdem erinnert sie sich daran, dass er in einer riesigen, hellgrünen Plastikschüssel Kartoffelsalat zubereitete, den sie unzählige Male probieren sollte, bis er ihr fast zu den Ohren herauskam.

„Nur weil du gestern an seinem zehnten Todestag eine Kerze für ihn angezündet hast, heißt das noch lange nicht, dass er wieder ständig in deinem Kopf herumschwirren muss. Vermutlich kommt alles nur wieder hoch, weil ich mich mit ihm überworfen hatte. Wenn er damals nicht so unerwartet gestorben wäre, hätten wir sicher eine Gelegenheit gehabt, uns zu versöhnen." Bei diesem Gedanken überkommt sie eine tiefe Traurigkeit.

„Doch wäre der Traum dann anders gewesen?", sagt Leonie laut zu sich selbst, wie zur Beruhigung. „Mach dich jetzt bloß nicht verrückt deswegen!"

Sie wünscht sich sehnlichst, dass ihr schlechtes Gewissen sie nach all der Zeit endlich in Ruhe lassen würde. Nicht einmal ein Bild kann sie sich von ihrem Vater ansehen, ohne dass ein beklemmendes Gefühl in ihr aufsteigt. Dabei war sie insgeheim immer seine Lieblingstochter gewesen. Sie hatte die Sache bis zu diesem Tag total verdrängt und versucht nun, sich krampfhaft zu erinnern, wie es genau dazu kam. Doch das klingelnde Telefon unterbricht abrupt ihre Gedanken.

Am anderen Ende ist ihre Schwester Lisa, deren Tochter Mia einen zusätzlichen Koffer für eine Klassenfahrt nach Berlin braucht. Um dem Koffer zu übergeben, verabreden sie sich zum Kaffeetrinken im Restaurant des großen städtischen Kaufhauses.

Als Leonie später dort eintrifft, sitzen die beiden schon bei Apfelkuchen und heißer Schokolade. Nach einer kurzen Begrüßung sagt Lisa plötzlich:

„Weißt du noch, dass wir öfters mit Papa hier waren und er immer Würstchen mit Kartoffelsalat bestellt hat? Jedes Mal hat er gesagt, dass seiner viel besser wäre und vor allem ohne Zwiebel."

„Warum fängst du jetzt damit an?", fragt Leonie gereizt. „Das ist doch Schnee von gestern."

„Ja schon, aber wir hatten doch eine schöne Kindheit. Findest du nicht?", antwortet Lisa beschwichtigend. Wohlwissend, dass es in den letzten Jahren immer wieder Spannungen zwischen ihnen beiden gegeben hatte, sobald die Sprache auf ihren Vater kam.

„Ja, schon... Aber wechseln wir lieber das Thema", entgegnet Leonie und wendet sich dann ihrer Nichte zu.

„Gefällt dir der Koffer, Mia?", fragt sie und richtet den Blick auf das kleine rote Köfferchen neben sich.

Das Mädchen schaut sich diesen genauer an, nimmt ihn vom Boden hoch und meint dann:

„Die Farbe ist toll, aber der ist zu schwer für mich."

„Ach Quatsch, den habe ich extra gekauft, weil er so handlich und leicht ist. Mach ihn mal auf, der sieht innen auch gut aus."

Mia öffnet den Koffer und macht ein erstauntes Gesicht.

„Schau mal Tante Leo, da sind weiße Schlittschuhe drin!"

„Ach du meine Güte. Ich dachte, ich hätte die schon längst weggeworfen?"

„So etwas wirft man doch nicht weg!", ruft Mia entrüstet.

„Warum denn nicht? Ich habe sie seit Jahren nicht benutzt", antwortet Leonie spontan und fügt nach einer kleinen Pause, in Erinnerung an eine längst vergessene Zeit, hinzu: „Weißt du, ich bin sogar bei Meisterschaften gestartet. Aber das hat dir deine Mutter sicher schon einmal erzählt."

„Nein, das wusste ich nicht", entgegnet Mia aufgeregt. „Gehst du mit mir demnächst auf die Eisbahn? Ich wollte das Schlittschuhlaufen schon immer mal probieren, aber niemand hatte Lust mitzukommen. Und wenn du gut laufen kannst, dann kannst du es mir doch beibringen, oder?"

„Ich glaube nicht, dass das eine so gute Idee ist. Meine Schlittschuhe sind alt und die Kufen sind sicher total stumpf und rostig."

„Nein, schau doch mal genau hin. Die sehen fast aus wie neu. Findest du nicht auch, Mama?"

Kaum ausgesprochen kommt ihr ein anderer Gedanke. Und bevor eine der beiden Frauen etwas sagen kann, sprudelt es aus ihr heraus: „Was haltet ihr davon, wenn wir jetzt gleich hingehen? Weil ich doch ab morgen erstmal für ein paar Tage weg bin." Dabei strahlen ihre Kinderaugen vor lauter Vorfreude.

Die beiden Schwestern lassen sich überreden und so fahren alle mit dem Bus zur Eisbahn am Stadtrand. Sie hat erst seit einer halben Stunde geöffnet und es ist noch wenig los. Mia leiht sich Schlittschuhe aus, während Lisa lieber nur von außen zusehen möchte.

Leonie geht schon einmal zum Umkleideraum vor. Als sie sich auf eine freie Bank setzt und die Schlittschuhe anschnallt, beginnt sie mit dem linken Schuh – ihr Glücksritual von früher.

Währenddessen fällt ihr wieder ein, dass der Streit und das anschließende Zerwürfnis mit ihrem Vater auch mit dem Eislaufen zu tun hatte. Sie wollte den Sport an den Nagel hängen, weil es ihr im Abiturjahr zu stressig wurde, noch mehrmals die Woche zu trainieren. Ihr Vater war dagegen, da sie nicht nur großes Talent, sondern er auch jede Menge Geld investiert hatte. Sie konnte sich zwar letztendlich durchsetzen, aber er war seitdem nicht mehr so gut auf sie zu sprechen.

Die Schuhe sind recht schnell angezogen und Leonie steht auf, als sich Mia neben sie setzen will. Ungeduldig und sichtlich nervös sagt sie: „Ich geh schon einmal vor, du brauchst ja noch eine Weile. Deine Mutter wird dir sicher auch beim Anziehen helfen. Wir sehen uns gleich auf dem Eis. Und schön vorsichtig sein! Mit Schlittschuhen zu laufen ist anfangs nicht ganz einfach. Lass dich am besten von deiner Mutter führen."

An der Eisfläche angekommen, hält sie sich an der Bande fest und setzt vorsichtig zunächst den rechten Fuß aufs Eis. Dann folgt zögernd der linke.

„Nur Mut", denkt sie sich und macht einen kleinen Schritt nach dem anderen.

Schon nach kurzer Zeit hat sie die notwendige Sicherheit zurückgewonnen und ihre Schritte nehmen immer mehr Raum ein. Die gleitenden Kufen verbinden sie mit der Eisfläche. Sie spürt wieder das wunderbare, unglaubliche Gefühl der Leichtigkeit, gepaart mit Eleganz und Schnelligkeit. Gleichzeitig wird sie von einem Kribbeln am ganzen Körper erfasst. Ein ähnliches Gefühl, wie nach ihrer ersten gewonnenen Meisterschaft auf dem Siegertreppchen – damals mit 15.

In dem Moment wird ihr bewusst, dass die Leidenschaft zu ihrem früheren Sport wieder entfacht ist.

Gedankenverloren läuft Leonie weiter, bis sie kurze Zeit später zu lächeln beginnt. Sie bremst ab, kommt zum Stehen und schaut nach oben. Dann sagt sie laut zu sich selbst: „Ach Papa, wenn du mich heute sehen könntest, das würde dir sicher gefallen. Und weißt du was? Heute Abend mache ich Kartoffelsalat, ganz nach deinem speziellen Rezept."

Zeitfracht Medien GmbH
Ferdinand-Jühlke-Straße 7
99095 Erfurt, Deutschland
produktsicherheit@kolibri360.de